PHYSIOLOGIE

DU DUEL.

PARIS. — IMPRIMERIE DE Mme Ve DONDEY-DUPRÉ,
Rue Saint-Louis, 46, au Marais.

PHYSIOLOGIE

DU DUEL,

PAR

ALFRED D'ALMBERT.

« El hombre que haze profesion de letras
renunzia las armas y no esta obligado a res-
ponder ni llamar con ellas, si no con las armas que exercita. »

(Géromino Ximenès, *Dialogo de la
verdadera honor.*)

PARIS.

GARNIER FRÈRES, LIBRAIRES,

10, rue Richelieu, et Palais-Royal, 215.

1853

PHYSIOLOGIE
DU DUEL.

> « El hombre que haze profesion de letras
> renunzia las armas y no esta obligado a res-
> ponder ni llamar con ellas, si no con las ar-
> mas que exercita. »
>
> (Géromino Ximenès, *Dialogo de la
> verdadera honor.*)

Les hommes civilisés se sont depuis longtemps accoutumés à vider leurs différends dans les fourrés du bois de
Boulogne.

Un mot lancé du haut de la tribune, une épithète partie d'un banc, un regard mal interprété pendant le cours
de la discussion, ou tout simplement trois lignes glissées
dans les colonnes d'une feuille publique, et tout aussitôt
les témoins sont choisis ; ils arrêtent l'heure et le lieu ; ils
fixent le mode de combat. Les adversaires se rencon-
trent... une note est publiée dans les journaux ; puis
tout est dit !

Les gens d'épée tirent rarement du fourreau la lame
suspendue à leur côté ; ils ne la remettent qu'après l'a-
voir teinte de sang. Les traditions militaires stigmatisent
à un égal degré les querelles futiles et les duels avortés.

Donc, ceux dont le métier est de se battre se battent
gravement ; et des hommes dont la profession paisible
semble commander dans toutes les actions une excessive
réserve, prennent rendez-vous avec une facilité qui prouve
l'oubli des principes philosophiques et le respect des préjugés imposés par la folie humaine.

1

A toutes les épques, il est vrai, la surexcitation politique a produit des duels. Nos pères se battaient, en 1815, avec les étrangers, s'ils étaient libéraux ; avec les libéraux, s'ils servaient dans l'armée royale. Nous avons vu nous-mêmes, de 1830 à 1834, comme la passion peut entraîner ; on allait s'inscrire aux bureaux des journaux de couleurs différentes, qui ouvraient un registre de duel à côté du registre d'abonnement ; chacun recevait son numéro d'ordre, et était mis, l'épée à la main, en face du numéro correspondant, qui se trouvait parfois être un ami, un parent, un frère !

Que prouvent ces combats singuliers ? Rien absolument, ni à l'appui de la doctrine défendue, ni en faveur de ceux qui la soutiennent ; ils ne lavent pas les offenses ; ils ne remédient point au mal dont on cherche la vengeance.

Dans le duel moderne, il ne s'agit pas de discerner la culpabilité douteuse ou l'innocence suspecte ; la vérité des faits est censée pleinement connue au moment où les deux parties se rendent au lieu du combat. Il y a presque toujours, d'un côté, un offenseur, c'est-à-dire un coupable, qui aggrave ses torts par un refus d'excuse ; de l'autre, un offensé, c'est-à-dire un innocent, dont l'honneur outragé réclame vengeance. La justice comme la raison voudraient que la peine fût pour le coupable, la réparation pour l'innocent ; et la loi du terrain exige que les armes soient égales des deux parts, que la poitrine de l'honnête homme offensé reste découverte comme celle de l'ennemi qui l'a outragé.

Le duel ne prouve même pas toujours le courage. Il est positif que quelques querelleurs, célèbres dans les fastes de la monomachie, manquaient complétement de bravoure véritable. Cette apparente contradiction peut être expliquée ; la supériorité dans le maniement d'une arme, l'habitude du terrain, la certitude d'impunité acquise dans les expériences précédentes, inspirent une confiance qui disparaît en face d'un péril imminent, auquel les moyens habituels de défense n'offrent qu'une résistance inutile ou incertaine.

Cependant, brave ou faible, chacun se bat. Ce n'est point la divergence d'opinion, cause véritable de la querelle, qui sert de base aux pourparlers et aux conventions préliminaires ; on prétexte une injure personnelle, si légère qu'elle soit, afin de s'appuyer en toute conscience sur le point d'honneur, si puissant en France.

Le point d'honneur ! C'est pour lui que tant de valeureux jeunes gens se sont fait tuer à propos d'une place au théâtre, d'une femme qu'ils méprisaient, d'une négation un peu sèche ou d'une parole trop vive.

Le point d'honneur pose immédiatement une question sur la pente du duel ; il n'est appréciable que d'après le degré de susceptibilité dont est doué celui qui en appelle aux armes. Les uns font commencer le point d'honneur à un salut oublié, les autres aux soufflets seulement.

Ceux que l'on nomme mauvaises têtes sont, en général, de dignes garçons, pointilleux sur tout ce qui touche à l'honneur, à la probité, à la considération, qui se font une réputation détestable en sauvegardant avec trop d'amour les qualités attributives de l'honnête homme.

Il est une foule d'injures légères, presque imperceptibles aux yeux des tiers, mais qui lancent un aiguillon acéré et laissent une plaie vive ; il est une foule d'actes que la loi pénale n'a pas prévus, qui sont pour la plupart indéfinissables, et qui froissent la réputation et blessent les mœurs. La justice a-t-elle les moyens d'atteindre ces offenses rapides qui consistent dans un geste, dans un mot ? A-t-elle un appui à offrir à la personne qu'elles ont effleurée en passant ? Peut-elle effacer l'injure ? La législation, jusqu'à présent, n'a pas même essayé de remplir cette tâche. Elle n'a puni que les injures apparentes, grossières, espèces de voies de fait qui trouvent leurs preuves dans le scandale qu'elles causent ; elle n'a point entrepris de punir ces injures rapides et fugitives qui atteignent sans bruit, et dont les traces plus profondes ne s'aperçoivent pas. C'est cette insouciance de la loi, son impuissance pour la répression des injures, qui est la source du duel. L'offensé qui cherche en vain une protection dans la justice est conduit à se faire justice lui-même ; il prétend laver une injure qu'il n'a pas d'autre moyen d'effacer ; il s'efforce de retremper son honneur sali par l'outrage, et que la loi, dans son insuffisance, ne peut lui rendre. La civilisation devrait mettre fin aux actes de justice privée, en y substituant la puissance de la justice du pays.

Il résulte de ces vérités que le point d'honneur a des limites jusques auxquelles il faut avancer et qu'on ne doit jamais franchir. Ces limites, diversement appréciées dans l'esprit de chacun, ne sont point définies : de là l'intervention des témoins.

Des lois spéciales seraient préférables à l'omnipotence laissée à d'amiables compositeurs, dont la légèreté et l'inexpérience peuvent compromettre la vie, et bien plus encore, l'honneur ! des champions engagés dans une affaire.

Le sujet est grave ; il mérite l'attention des législateurs et des hommes du monde. Un comité arbitral, investi des pouvoirs attribués jadis au tribunal des maréchaux de France, rendrait d'immenses services ; il empêcherait que les duels avortés reçussent une publicité dont le résultat est de généraliser la manie du combat singulier ; il condamnerait à de fortes amendes ceux qui seraient venus se soumettre à sa juridiction sans motifs suffisants ; il réglerait le choix des armes ; il ordonnerait, sans exception, que tout duel autorisé amenât mort d'homme, ou tout au moins ne pût être interrompu sans que l'un des adversaires eût reçu une blessure assez grave pour empêcher matériellement la continuation du combat.

Ces dispositions auraient bientôt un puissant effet.

En 178*. le marquis de B*** reçut le commandement du régiment du Roi-infanterie, alors en garnison à Nancy.

Le marquis était un gentilhomme accompli et de haute réputation ; il servait depuis l'enfance ; il avait exercé des commandements difficiles ; on lui confiait le régiment du Roi-infanterie pour y rétablir la discipline, ébranlée par des querelles incessantes et futiles entre les officiers du corps.

— Faites cesser les duels qui ont lieu chaque jour dans le régiment dont vous êtes maintenant colonel, dit le roi lorsqu'il vint prendre congé.

— Sire, j'obéirai à cet ordre qui prévient mes désirs, et j'ose avouer à Votre Majesé que j'ai choisi un moyen infaillible, répondit le colonel sans s'expliquer davantage.

Le marquis partit pour la garnison. Le jour de son arrivée, il donna à la plus belle auberge un grand dîner à tous ses officiers, qui furent charmés de la grâce, de l'esprit, du bon ton de leur nouveau chef. Le colonel se montra doux, caressant, aimable ; ses subordonnés lui trouvant une urbanité extrême, se persuadaient avec peine que ce fût le même homme qui avait accompli tant d'éclatants faits de guerre, tant d'actes d'incroyable bravoure.

Jusqu'au dessert, le marquis ne parla que de Versailles, de la cour, des ministres, de l'anecdote du jour. Alors seulement il dit, toujours d'un air aimable et le sourire sur les lèvres :

—Messieurs, on m'a prévenu que vous aviez la tête un peu vive, et que, chaque matin, plusieurs d'entre vous échangeaient des coups d'épée... Oh ! ne vous récriez pas, messieurs ; je ne vous adresse aucun reproche ; nul mieux que moi ne sait combien il est parfois nécessaire de mettre flamberge au vent, et n'est plus persuadé que quelques passes échangées avant déjeuner ouvrent merveilleusement l'appétit... Seulement, j'ai une prière à vous adresser : c'est de ne jamais vous battre sans m'avoir prévenu. J'ai coutume de prendre les intérêts des gentilshommes qui me font l'honneur de servir sous mes ordres comme les miens propres et d'être soigneux de ce qui peut les toucher. Veuillez me promettre de ne pas vous battre sans mon autorisation, que vous obtiendrez d'ailleurs bien facilement. Rien ne m'est plus pénible qu'un refus. J'apprécierai les faits ; je donnerai mon avis, après quoi vous agirez comme bon vous semblera ; mais engagez votre parole de commencer toujours par recourir à moi.

Chacun fit joyeusement le serment indiqué par le colonel, ne voyant dans l'engagement pris qu'une formalité à laquelle il était de bon goût de se soumettre avec déférence.

Le marquis causa de choses fort étrangères à cet incident, dont il sembla ne plus s'occuper ; puis il quitta la salle du festin, laissant ses officiers encore attablés, fut faire un tour par la ville et revint chez lui.

A peine était-il rentré, qu'on annonça deux des plus jeunes capitaines du régiment, le vicomte Richard de R. et le chevalier Armand de T. Les visiteurs furent introduits sur-le-champ.

— Mille pardons, mon colonel, de venir vous déranger, dit le vicomte Richard ; l'affaire qui nous amène ne souffre point de retard ; notre visite prouve d'ailleurs notre respect pour votre personne et pour notre promesse. A ce double titre, vous voudrez bien excuser l'heure peu opportune à laquelle nous nous présentons.

— De quoi s'agit-il ? demanda le marquis, devinant à l'avance ce dont il devait être question, mais voulant amener une explication précise.

— D'une chose bien simple, répondit le vicomte ; Armand et moi souhaitons nous battre demain ; mais nous n'aurions pas satisfait ce désir sans avoir obtenu votre assentiment, ainsi que nous y contraint la parole donnée et le respect que nous professons pour vous.

— Ah ! c'est vous, capitaine Richard, qui voulez vous

battre avec le capitaine Armand ? Je vous croyais amis.

— Amis intimes, mon colonel ; amis depuis notre naissance, depuis vingt-cinq ans !... Nous nous aimons sincèrement.

— Et vous voulez vous battre ?... Il est donc survenu entre vous un grave dissentiment ?

— Voici ce que c'est, dit le chevalier Armand : à la suite du dîner auquel vous avez bien voulu nous convier, après votre départ, nous avons continué à parler de Versailles, dont vous nous avez donné de si bonnes nouvelles. Je dis, dans l'enthousiasme de mes souvenirs, que je voudrais être près de la pièce d'eau des Suisses, enveloppé dans ma roquelaure, me promenant et causant quelques heures avec nos bons amis de cour. Richard répliqua aussitôt que, dans l'après-midi, on ne pouvait se montrer en roquelaure et sans poudre ; que l'habit habillé et la perruque étaient indispensables. Il maintint son dire ; je soutins le mien. Sa contradiction impliquait naturellement de ma part une ignorance des usages, une rusticité d'habitudes blessantes pour mon rang et pour ma naissance. Je ne pouvais rester sous le coup de pareilles insinuations ; je m'échauffai. Il répliqua, et nous prîmes rendez-vous en présence de nos camarades.

— C'est grave ! fit sentencieusement le marquis.

Les jeunes capitaines se regardèrent étonnés.

Le marquis reprit en pesant ses paroles :

— La roquelaure n'est de mise que le matin, c'est incontestable. Mais où commence le matin ? où finit-il ?... Le matin va-t-il jusqu'au dîner, jusqu'au souper, ou finit-il aussitôt qu'on peut dire : « Une heure de l'après-midi ? » Un astronome, et peut-être un horloger, résoudrait la question. Mais le vicomte Richard n'en a pas moins dit au chevalier Armand qu'il ne pourrait se promener en roquelaure, ainsi qu'il en avait l'intention... C'est grave !...

Puis, s'adressant directement à ses auditeurs :

— Merci de votre démarche, messieurs; et Dieu me garde de mettre obstacle à vos dési s. Allez vous battre, je vous le permets, je vous y engage ; au besoin même, je vous l'ordonne. Adieu, messieurs, et n'oubliez pas que rien n'est aussi ridicule que ces duels d'où résulte une légère égratignure. Quand on se bat, la mort de l'un des adversaires au moins est nécessaire. Un bon gentilhomme ne quitte pas la partie, ou il la recommence avec obstination, jusqu'à cette conclusion honorable de toute rencontre à main armée... Je vous souhaite bien le bonsoir, messieurs.

Et le colonel rentra dans ses appartements, où il fut tranquillement se coucher...

Le lendemain, le marquis, toujours affable, toujours poli, toujours souriant, alla à la parade et passa devant le front de son régiment.

Il remarqua bien vite le vicomte Richard et le chevalier Armand à la tête de leurs compagnies. Le chevalier Armand avait le bras en écharpe.

Le marquis fronça le sourcil et prit un air sévère :

— Comment! messieurs, vous ne vous êtes pas battus ?

— Si, colonel, répondit le chevalier Armand en riant; Richard m'a donné un joli coup d'épée dans le bras.

— Une piqûre dans le bras : vous appelez cela vous battre ?... et pour la question importante de la roquelaure !... Allez, messieurs, ce n'est rien ; vous recommencerez demain, je vous prie, et qu'on se conduise un peu mieux. J'entends que l'on maintienne l'honneur du corps que j'ai l'honneur de commander, et qu'on se tue quand on va sur le pré.

Les officiers du régiment du Roi furent tout surpris de cette sortie prononcée d'un ton dur, d'une voix brève, d'une façon différente de ce qu'ils avaient vu jusqu'alors de leur colonel.

Deux jeunes militaires pleins d'ardeur et de courage

n'avaient pas besoin d'être excités ainsi devant leur drapeau.

Le lendemain une nouvelle rencontre eut lieu à la suite de laquelle le vicomte Richard fut rapporté chez lui percé de part en part. Il dut garder le lit pendant deux mois...

Durant cet espace de temps bien des querelles eurent lieu au régiment du Roi et grand nombre d'officiers vinrent demander au colonel l'autorisation de se battre. Le colonel, sans s'expliquer d'une façon positive, pria les adversaires d'attendre, leur promettant, au reste, de donner à tour de rôle les permissions demandées. Les plus impatients durent se soumettre à cette injonction.

Enfin Richard guérit. Il put faire quelques promenades appuyé sur les bras de son ami Armand qui lui avait fidèlement servi de garde-malade.

Dès la première sortie, par un hasard habilement préparé sans aucun doute, les deux jeunes capitaines se trouvèrent face à face avec le marquis :

— Vous voilà, messieurs, je suis enchanté de vous rencontrer, dit-il en feignant une agréable surprise ; puisque le capitaine Richard se tient debout, vous allez terminer votre petite affaire, n'est-ce pas ?

Les jeunes gens ne purent retenir un geste de stupéfaction, le marquis reprit d'un air satisfait :

— Vous ferez en sorte d'en finir cette fois-ci ; les duels qui vieillissent ne valent rien ; de mon temps on s'expédiait plus vite et sans y mettre autant de réflexion...Vous vous battez demain matin ?

— Mais, colonel, hasarda Armand d'une voix timide, le vicomte n'a pas repris ses forces, d'ailleurs...

— Quand on se promène, on peut pousser quelques bottes, ce n'est pas plus fatigant, et nous ne devons pas laisser indécise la grande question de la roquelaure...

Les deux jeunes gens se prirent les mains et se regardèrent avec tristesse. Le marquis, désireux de cacher l'é-

1.

motion qui débordait malgré ses efforts, les quitta brus-
quement en disant de sa voix la plus sèche et la plus dure,
de la voix qu'il prenait pour le commandement militaire :

— Messieurs, je serais peiné de vous reprendre vos
épaulettes; mais, pour ne pas me réduire à une telle extrémité, il faut que je ne rencontre dans ce monde qu'un
seul d'entre vous.

De semblables paroles ne laissaient pas de choix aux
militaires, jaloux avant tout de l'honneur de leur uniforme.

Tous les officiers du régiment du Roi blâmèrent la
persistance et la dureté du colonel sans comprendre les
motifs qui l'inspiraient. Mais ils reconnurent unanimement qu'une troisième rencontre était indispensable : le
chef était implacable, il fallait se montrer grand et digne
en suivant la voie funeste qu'il avait indiquée.

Cette dernière reprise fut à la fois terrible et touchante.
Les adversaires vinrent ensemble au rendez-vous, se tenant fraternellement par la main et paraissant dans les
meilleurs termes d'intimité. Arrivés sur le terrain, ils
se confièrent l'un à l'autre un acte renfermant leurs dernières volontés, se promettant mutuellement d'être de
fidèles exécuteurs testamentaires. Puis ils s'embrassèrent
tendrement, ôtèrent leurs habits, mirent l'épée à la main
et croisèrent le fer.

Leur habileté à l'escrime était parfaitement égale : ils
sortaient de la même académie, ils avaient eu les mêmes
maîtres, le même temps de salle. En outre, ils connaissaient leur jeu, ne pouvaient par conséquent se laisser
prendre à aucune feinte inattendue, ce qui, on le sait, est
un point important dans tout assaut.

Cependant, Armand ménageait Richard, auquel la récente blessure à peine guérie donnait un grave désavan-
tage; il marchait mollement, rompait devant l'épée, ne se
fendait pas à chaque jour qu'il entrevoyait.

Les témoins s'aperçurent qu'ils s'épuisaient en inutiles

efforts, désirant chacun ne pas remporter une si triste victoire ; ils les exhortèrent à pousser plus vivement.

Alors ces pauvres enfants, attentifs à la voix des parrains auxquels ils devaient obéir, s'élancèrent simultanément, sans chercher à frapper, sans chercher à parer, s'en remettant en quelque sorte au hasard plutôt qu'à leur adresse.

Il advint ce qui devait arriver d'un aussi brusque mouvement; ils s'enferrèrent mutuellement et tombèrent l'un à côté de l'autre privés de sentiment.

Leurs mains en abandonnant la poignée de l'arme se cherchaient encore pour se serrer avec tendresse.

Armand était mort sur le coup. Richard, frappé à la poitrine, à côté de sa récente blessure, était dans un état désespéré...

Ce terrible événement plongea le régiment dans la consternation, le deuil était peint sur tous les visages...

Le soir même le colonel fit assembler les officiers du régiment, et s'adressant particulièrement à ceux qui lui avaient demandé l'autorisation de se battre, il dit :

— Messieurs, vous avez bien voulu attendre mon bon plaisir pour vider vos petits différends, je vous en remercie. Je n'aime pas qu'il y ait deux querelles à la fois au corps, cela fait confusion et nuit à la régularité du service. Maintenant que l'affaire du capitaine Armand et du capitaine Richard est terminée honorablement, je suis prêt à donner une nouvelle permission... seulement ceux qui voudront aller sur le terrain devront se rappeler que le duel à mort est de rigueur et que, si l'un des adversaires n'est pas tué dès la première rencontre, il faudra recommencer jusqu'à ce que ce résultat ait été atteint. J'ai à cet égard des principes invariables dont je ne me départirai pas et que je veux vous voir adopter.

Les officiers s'inclinèrent respectueusement, puis ils se retirèrent en silence sans qu'un seul d'entre eux demandât l'autorisation qui venait d'être si gracieusement offerte.

Ils devinèrent tout ce qu'il y avait de profond et de sensé dans les paroles du colonel ; ils comprirent de quel crime ils se rendraient coupables en attentant à la vie d'un compagnon d'armes pour un motif futile. Le terrible apologue frappa leur esprit.

La leçon était rude, mais elle profita à ceux qui l'avaient reçue...

Le régiment du Roi était cité comme le plus brave, le mieux tenu, le mieux discipliné, mais on ne s'y battait plus que contre les ennemis de la France............

....

La guérison d'une manie sanguinaire ne pourrait plus, à notre époque, être opérée d'une pareille façon. L'omnipotence d'un seul sur la masse n'existe plus, l'indépendance d'appréciation domine surtout dans les questions individuelles. Un colonel, un chef quelconque, qui agirait de la sorte deviendrait l'objet du blâme général, on l'accuserait de cruauté, d'inhumanité, d'anthropophagie, on assimilerait son action à un crime, tandis qu'on loue le médecin quand il n'hésite pas à sacrifier quelques malades pour sauver la masse des clients confiés à son expérience et à son habileté.

On a beaucoup blâmé un illustre général d'un duel malheureux qui eut lieu sous ses auspices lorsqu'il commandait l'École militaire de Saint-Cyr. Cette rencontre funeste en prévint vingt autres.

Le point d'honneur est un préjugé essentiellement français. Notre nation brave, loyale, insouciante, vaniteuse, ardente dans ses passions, railleuse dans son langage, emportée dans sa colère, se trouvait d'avance disposée à accepter les plus rigoureuses conséquences de coutumes qui s'adaptent à ses mœurs en les ennoblissant.

L'Allemand se bat avec tranquillité, le Hollandais avec froideur, l'Espagnol avec colère, l'Italien avec passion, le

Français se bat comme il boit, comme il mange, comme il dort, comme il accomplit toutes les fonctions ordinaires de la vie.

Le duel ne fait, en général, naître dans l'esprit de nos compatriotes ni l'idée sinistre d'un danger de mort, ni les appréhensions qui précèdent tout acte important dont les suites sont incertaines et indéterminées.

L'éducation première occasionne cette indifférence, peut-être chevaleresque, mais certes fort immorale lorsque la créature se voit au moment de remonter vers son créateur ou d'y envoyer très-brusquement un de ses semblables.

Tout jeune homme élevé dans une bonne et honorable famille reçoit à côté de l'instruction religieuse qui ordonne « le pardon des injures, » des enseignements d'une nature différente et contradictoire. On lui apprend à ne pas supporter une insulte; on lui enjoint de se faire respecter; le père de famille, lui-même, recommande de ne pas laisser planer le moindre soupçon sur l'honneur du nom qu'il a transmis. Puis au nombre des maîtres d'agrément se trouve le professeur d'escrime; le tir du pistolet est assimilé à un exercice et non à une distraction.

L'adolescent lancé dans le monde avec un peu de latin, beaucoup d'inexpérience, une bonne garde en quarte et un coup d'œil sûr, attend son premier duel avec une fiévreuse impatience. S'il n'arrive pas, c'est un vol qu'on lui fait.

Et la vie entière s'écoule ensuite sous l'empire de cette conviction : qu'un duel est un accident aussi impossible à éviter qu'une tuile, détachée de la toiture, qui brise dans sa chute la tête du passant; que, sortant de chez soi dans des dispositions pacifiques, on peut rencontrer une querelle et se trouver dans la nécessité de la vider; qu'aujourd'hui, demain ou plus tard on peut être forcé de se battre, et on se battra, malgré toutes les considérations de famille, de fortune et de paternité ; qu'un homme en vaut un autre ; et que tous les Français sont égaux devant le canon d'un pistolet...

Ces apophthegmes, généralement admis, constituent par excellence le préjugé du point d'honneur. C'est parce que les Français les reconnaissent comme articles de foi qu'ils se battent gaillardement, avec conviction et sans être nullement étonnés de se battre dans les conditions les plus déraisonnables et pour les motifs les plus extravagants.

Il y a de fort dignes gens auxquelles vous ne persuaderez jamais qu'un coup de chapeau oublié ou un regard trop fixement prolongé n'exigent pas d'humbles excuses ou l'échange de deux coups de feu. Il en est un bien plus grand nombre encore qui, tout en avouant qu'ils n'ont pas salué parce qu'ils n'ont pas vu, ou qu'ils ont regardé tout autre chose que le visage sur lequel il est interdit de porter une attention investigatrice, ne consentent, à aucun prix, à donner la moindre explication ou à faire la moindre excuse ; ces sublimes entêtés préfèrent se laisser casser un membre à la honte d'avouer qu'ils ne méritent pas la sotte chicane qu'on vient leur faire.

« Tout homme provoqué doit se battre. » Autre apophthegme d'une vérité aussi incontestable que la généralité de ceux sur lequel est établi le point d'honneur.

Et si vous me provoquez pour un enfantillage, pour un fait qui ne m'est point propre, à l'occasion d'un acte qui ne vous regarde pas ? suis-je tenu d'aller vous tendre la gorge sous peine de déshonneur, à vous bretteur émérite, moi qui n'ai jamais touché un fleuret, dont le doigt n'a jamais pressé une détente ?

Non, certes, d'après les règles de la saine raison !

Oui, c'est hideux à dire ! aux yeux du monde, sous la loi du préjugé.

Toute question personnelle doit être résolue par des paroles publiques, par un écrit dont on use dans des limites convenues, ou par les armes. Tel est le point de départ de la monomachie. Puis on s'égratigne l'épiderme, afin de prouver à vingt personnes qu'on se soumet aux lois de l'honneur.

Certainement il n'est pas nécessaire de s'entre-tuer toujours. Dieu nous garde de souhaiter d'aussi funèbres catastrophes ! Mais enfin, quand on s'attaque les armes à la main, c'est dans le but incontestable d'attenter à la vie de son adversaire : ce qui est tout au plus concevable quand deux hommes se haïssent tellement que l'un des deux doive faire place à l'autre, et que la surface de la terre n'est pas assez large pour les supporter.

Eh bien ! les duellistes ont renchéri sur tout cela. On ne se bat pas pour se tuer ; fi donc ! une semblable intention serait cruelle et discourtoise. On mesure, d'après la nature de l'objet en litige, la gravité du mal physique qui doit être produit : telle insulte demande un sang, deux sangs. Le duel à mort est réservé pour les grandes occasions.

Après tout, chacun est juge dans son for intérieur du mal qu'il veut souffrir ou infliger. C'est une affaire d'appréciation personnelle ; on est libre de rendre le premier sang mortel, mais on est déshonoré pour une piqûre faite en dehors des conditions. Tant ce qui se rattache aux actes de force brutale est d'une logique suivie ! L'injure ne mérite pas que vous frappiez deux fois, mais elle permet de tuer du premier coup ! Un pareil code, on le devine, n'a pas été fait par le Conseil d'État sous la présidence de l'Empereur ou de l'archichancelier.

Les injures sont classées comme des articles de loi ; il en est qui ne peuvent être pardonnées, d'autres demandent une vengeance implacable.

Le colonel D... y, un des plus terribles duellistes de la Restauration, s'était abrité un jour de pluie sous les galeries des Panoramas. Passe un jeune étudiant en médecine donnant le bras à sa maîtresse ; il s'imagine que le colonel fixe insolemment les yeux sur sa bien-aimée et il lui applique immédiatement un soufflet. Cet acte d'inconcevable brutalité n'avait aucune excuse, ne méritait point de pardon.

Le colonel D... y tire froidement sa carte, demande celle de l'homme qui vient de lui faire un tel outrage et dit en la recevant :

— Vous ne savez ce que vous venez de faire, jeune homme : vous avez frappé le colonel D...y!

A ce nom redoutable l'étudiant demeure stupéfait. Cependant il était plein de courage; le duel est convenu, les témoins désignés.

Afin d'égaliser un peu les chances, le pistolet avait été choisi; les adversaires étaient placés à vingt pas de distance, avec la faculté de faire feu à volonté et de marcher jusqu'à brûle-pourpoint.

L'étudiant lève son arme, ajuste longuement D...y, tire et le manque.

Le colonel s'avance à pas comptés; il s'approche de son adversaire, il arrive jusqu'à son côté, lui met la main sur la poitrine et dit après avoir attentivement écouté :

— Ce cœur ne bat pas trop vite pour le cœur d'un homme qui va mourir !

Puis il appuie le canon de son pistolet sur le front du pauvre enfant et lui fait sauter la cervelle !...

L'étudiant qui périt ainsi avait une mère, des sœurs, une famille !... mais il avait frappé un homme au visage, sa mort seule pouvait réhabiliter celui que son action avait déshonoré. Les règles du point d'honneur sont inflexibles.

Écoutez plutôt cet autre exemple :

M. de Saint-Mab..., gentilhomme de la chambre, avait une haute position, une grande fortune, une illustre naissance. La faveur dont il jouissait, son mérite reconnu l'appelaient aux plus éminents emplois; l'avenir lui réservait certainement l'une des premières places de l'État.

Malgré ces avantages, M. de Saint-Mab... n'avait que des amis et point de jaloux ; son caractère était si affable, ses habitudes si douces et si polies, son cœur si bon, que personne n'enviait les avantages dont il était pourvu, et que les faveurs du hasard, si généralement blâmées, ne trouvaient, cette fois, que des approbateurs.

M. de Saint-Mab... fut chargé, un jour, de transmettre un ordre à un officier supérieur de service aux Tuileries. L'ordre, mal compris, mal interprété, ne fut pas exécuté régulièrement ; l'officier, pour se disculper, voulut rejeter la faute sur M. de Saint-Mab... Une contestation s'éleva entre eux au salon de service, devant vingt personnes, et l'officier, comme dernier argument, appliqua un soufflet à M. de Saint-Mab... pour terminer la discussion.

Un duel était inévitable ; il fut convenu qu'il aurait lieu. Le provocateur, habile dans le maniement des armes, habitué aux rencontres particulières, était ce qu'on appelle vulgairement « une fine lame. » Les amis de M. de Saint-Mab... l'engagèrent à demander le pistolet ; il s'y refusa formellement, « l'épée étant, disait-il, l'arme véritable d'un gentilhomme. » Il exigea en outre que les personnes présentes au salon de service quand il avait été outragé vinssent sur le terrain pour être témoins de la manière dont il vengerait son honneur.

Cette confiance en soi, cette certitude du triomphe, rassuraient médiocrement les amis de M. de Saint-Mab... Ils connaissaient son inexpérience de l'escrime, ils savaient que dans le cours de sa paisible carrière jamais il n'avait eu besoin de regretter cette lacune de son éducation.

Le roi daigna s'interposer personnellement ; il voulut étouffer l'affaire. M. de Saint-Mab... ne consentit aucun atermoiement, refusa toutes les excuses, exigea le combat prompt, public et sérieux. Son adversaire, qui jusque-là avait témoigné un vif repentir de son emportement et concédé toutes les réparations qu'il est possible de consentir sans bassesse, se montra fort irrité à son tour et déclara qu'il ne ménagerait pas un antagoniste aussi entêté.

Telles étaient les dispositions des parties lorsqu'on se rendit au bois de Boulogne.

Indépendamment des parrains habituels dont l'usage a déterminé le nombre, l'allée choisie pour le combat était occupée par une grande quantité de témoins officieux, les spectateurs de l'outrage, que M. de Saint-Mab... avait invités par lettres circulaires, comme on fait à un bal ou à un repas.

Le combat ne pouvait être ni long ni acharné, la victoire ne devait pas demeurer longtemps incertaine entre un maître habile et un profane qui ignorait même le premier précepte à l'aide duquel on se fait un bouclier de l'arme offensive.

Cependant le résultat fut différent de ce qu'on devait attendre.

M. de Saint-Mab... se précipita sans règle, sans méthode, mais avec la force d'un lion, avec l'impétuosité de la foudre. L'officier étonné voulut rompre d'une semelle, et l'épée, qui sans ce mouvement l'aurait passé, vint l'atteindre près du cœur, ressortit au milieu de l'épine dorsale, tandis que la coquille de la poignée rendait un son mat et sourd en frappant rudement les parois de la poitrine.

L'officier tomba mort sans prononcer un seul mot, sans pousser un soupir...

M. de Saint-Mab... restait debout auprès de lui, son arme à la main, l'œil fier et brillant, ne paraissant ni étonné ni chagrin d'une victoire dont il avait eu la conscience, la volonté.

Il regardait son ennemi étendu mort à ses pieds, il examinait surtout la blessure qu'il venait de faire, plaie bleuâtre et tuméfiée dont le sang ne s'échappait pas, car on s'était servi d'épées triangulaires, à lames fines et acérées, qui permettent aux chairs de se rapprocher après là perforation et produisent ainsi un épanchement presque toujours incurable.

On voulut entraîner M. de Saint-Mab..., il repoussa du geste ceux qui s'empressaient.

Puis se baissant sur le cadavre qu'il venait de faire, il plongea les doigts dans la blessure, sa réhabilitation aux yeux du monde, son crime devant Dieu !

On crut qu'il prodiguait au vaincu des soins, hélas ! inutiles, qu'il appelait au dehors le sang qui étouffait la victime.

Non !... il se redressa... et du sang qu'il venait de recueillir, il se frotta le visage en disant :

— Messieurs, trouvez-vous que mon soufflet soit bien lavé ?...

Puis il revint à la cour, reçut les félicitations de ses égaux, les encouragements des plus irréprochables braves. On le considérait comme un héros; il fut l'objet d'une curiosité respectueuse; mais le digne gentilhomme appréciait de plus haut l'action qui le glorifiait. — Bientôt il quitta le service du roi pour se consacrer tout entier à la religion, et il demanda pardon à Dieu de la concession consentie au préjugé et au soin de son honneur.......

· ·

L'exécution faite par le colonel D...y, l'ablution sanglante de M. de Saint-Mab... dénotent une cruauté réfléchie réprouvée avec horreur par le sentiment de mansuétude instinctive que Dieu a placé au fond du cœur humain. Et cependant ces meurtres ne furent point blâmés, la considération des homicides ne souffrit aucune atteinte, ils grandirent au contraire dans l'opinion en raison de l'étrange férocité dont ils avaient fait preuve. Car ils avaient reçu de ces injures dont il faut tirer soi-même une

suprême vengeance. Ainsi veut le monde : l'offensé doit
se faire à la fois juge et bourreau : juge, il applique la peine
la plus sévère ; bourreau, il l'exécute avec une rigoureuse
froideur. L'épée ne doit être dans sa main que le glaive
de la loi.

Et quand un galant homme s'est trouvé malheureusement entaché par une de ces souillures de hasard que la
prudence ne permet pas toujours d'éviter, on lui sait gré
d'infliger un châtiment mortel à celui qui a tenté l'assassinat de son honneur.

La loi est impuissante ; un procès correctionnel ne ré-
pare pas le tort causé à la réputation ; la compensation pécuniaire est jugée honteuse. Le préjugé dominant per-
vertit tellement les imaginations que le battant condamné
ne subit pas la moindre atteinte dans sa considération et
que le battu reçoit par le jugement qui lui alloue des dommages-intérêts un brevet d'infamie, dûment enregistré.

Cette contradiction absolue entre le texte de la loi et
l'opinion publique est d'autant plus extraordinaire que
l'origine du duel est essentiellement judiciaire.

Dans les temps barbares, les familles faisaient la guerre
pour des vols, pour des meurtres, pour des priviléges,
pour des injures. Peu à peu cette coutume fut modifiée ;
afin d'épargner la vie d'un grand nombre et de maintenir, autant qu'il se pouvait, la paix publique troublée par
les luttes de peuplade à peuplade, on imposa certaine règles qui devinrent loi usagère ; la force brutale déci-
dait toujours le fond de la question, mais cette force était
employée seulement entre les parties le plus directement
intéressées ; le combat avait lieu avec l'autorisation du
magistrat, sous les auspices de la religion.

La superstition faisait croire que Dieu laissait infailliblement triompher le parti de la justice, le vaincu succombait, non sous les coups d'un adversaire plus fort ou
plus habile, mais sous le jugement de la Divinité.

Au moyen âge cette coutume était dans toute sa force. Les épreuves du feu, de l'eau, de la croix, venaient de tomber dans un complet oubli; les preuves négatives n'étaient plus admises même par les tribunaux ecclésiastiques; toute accusation était un appel qui amenait l'inculpé dans la lice.

Sous le règne de saint Louis le combat judiciaire était permis pour les réclamations excédant douze deniers. La coutume d'Orléans autorisait le combat pour toutes demandes de dettes; mais Louis le Jeune modifia charitablement le texte de cette loi en ordonnant qu'on ne se battît plus pour une somme moindre de cinq sous.

Bien plus encore, on se battait sur un incident, sur un interlocutoire, et le fond du procès était réservé dans ces luttes inattendues servant à résoudre une question partielle; on se rebattait sur le point principal; on pouvait ainsi se battre grand nombre de fois avant d'amener un jugement valable, une décision exécutoire.

Dans les procédures où la preuve testimoniale était admise, une déposition défavorable pouvait être annihilée par un appel fait au témoin. L'infortuné témoin, tout désintéressé dans la question, était obligé de s'aller battre; s'il succombait, sa déposition était jugée fausse et calomnieuse et le prévenu déclaré innocent. Le prévenu, vaincu par un témoin, ne pouvait combattre de nouveau sur le chef principal d'accusation; les charges orales accumulées contre lui avaient alors leur effet. Ce qui indique que les hommes processifs de cette époque devaient être bien musclés et habiles dans le maniement des armes.

« *Femme ne se puet combattre,* » dit la coutume de Beauvoisis. Un mineur de quinze ans ne pouvait non plus descendre en champ clos. Mais comme il eût été injuste de priver les enfants et le beau sexe du droit d'accusation et de défense nécessaire aux intérêts privés, on admit la substitution de combattants plus virils, nommés champions, qui prenaient leur lieu et place dans la lutte et dont la victoire ou la défaite entraînait le gain ou la perte du procès qu'ils s'étaient chargés de soutenir.

Quand les champions combattaient pour un crime capital on plaçait les parties dans un lieu d'où elles pouvaient suivre la bataille ; chacune d'elles était ceinte de la corde qui devait servir à son supplice si son tenant-lieu était vaincu.

Le champion qui succombait avait le poing coupé, « afin, est-il dit, que le champion ne soit tenté de trahir » sa cause par mauvaiseté ou autrement et qu'il la sous- » tienne de son mieux. »

Les abbayes et les monastères avaient des champions qui défendaient, les armes à la main, les droits de la communauté. Bientôt cette tolérance de la substitution d'un tiers dans les questions personnelles dégénéra en abus. Beaumanoir rapporte avoir entendu dire à un seigneur de loi : « Qu'il y avait autrefois en France cette mauvaise cou- » tume, qu'on pouvait louer pendant un certain temps » un champion pour combattre dans *ses affaires*. » Le duel judiciaire n'était donc qu'une *affaire* et les champions rien autre chose que des coupe-jarrets qui, moyennant un prix convenu, intervenaient à la force du poignet dans la plus mauvaise querelle.

Les termes dont on se servait, conservés en partie dans le langage barbare de la procédure moderne, indiquent l'origine toute judiciaire du duel.

Ainsi les avoués existaient il y a bien longtemps. Seulement, l'avoué d'un monastère, d'un évêché, grossoyait avec la pointe de sa lance et assignait seulement à comparaître en champ clos. Remarquons en passant que la seule différence existant entre les avoués ecclésiastiques et les vidames, consistait dans le rang et dans la naissance ; le vidame était un puissant seigneur qui protégeait bénévolement l'église, l'avoué un seigneur d'ordre moins élevé qui, en échange de son concours actif, recevait certains avantages.

Le comte avait un avoué qui rendait la justice en son nom et descendait dans la lice lorsqu'on faussait la cour de son seigneur. Fausser la cour n'était rien autre chose qu'interjeter appel ou recourir aux tribunaux du roi pour déni de justice. Dans le premier cas c'était déclarer que le juge avait menti, dans le second qu'il avait mal agi. De là combat.

Mais le fausseur qui avait appelé son juge pouvait perdre le procès dans le combat et jamais le gagner, puisque la bataille avait lieu sur un incident. Le fond restait donc indécis et donnait lieu à un second combat entre les deux parties directement intéressées. Seulement le fausseur avait le plaisir de se battre deux fois.

Montesquieu prétend que de cette singulière procédure vient la formule qui sert encore au prononcé des arrêts : « La Cour met l'appel au néant; la Cour met l'appel et ce » dont a été appelé au néant. » Son opinion est corroborée par ce fait cité dans l'excellent ouvrage de M. de la Roche-Flavin, *Des parlements de France*, que la chambre des enquêtes ne pouvait user de cette forme de prononcer dans les premiers temps de sa création.

Une lettre curieuse écrite par Sully à Henri IV en 1605, et suivie d'une sorte de mémoire succinct, mérite d'être rapportée en entier ; elle éclaircit la question :

« Sire,

» Ayant appris par vos préceptes et enseignemens que » les choses bonnes et bien faites ne sçauroient trop sou- » vent renouveller ny ramentevoir, je supplieray vostre » majesté d'avoir agréable que je lui dit comme, se faisant » tous les jours dans la cour de l'Arsenac, suivant vostre » intention, des courses de bagues et autres exercices, » pour retirer vostre noblesse des débauches et de l'oisi-

» veté, et la faire employer aux choses vertueuses, je suis
» sorti cette après-disnée de mon cabinet, fort à propos
» pour les voir, d'autant que j'ai empesché deux querelles
» pour un rien, qui estoient prestes à se former. Et pour
» ce qu'il y en a eu lesquels, sur ce que je leur ay dit, ont
» fait les ignorans de vos édits contre les duels, j'ay es-
» timé qu'il ne seroit point mal à propos, sur ce sujet, de
» les faire publier derechef, voire tous les commence-
» mens de chaque année, dans les cours du Louvre, du
» Palais, de l'Arsenac, et autres lieux publics. Je sçay bien
» que vous estes vaillant et courageux, que vous aimez
» ceux qui le sont, que vous le devez faire et en avez be-
» soin ; mais ceux qui ont des querelles m'excuseront si
» je leur dis que celles qui sont recherchées, sont plutost
» marques de lascheté que de hardiesse, d'autant que ja-
» mais la vraye valeur ne fust joincte avec le mespris de
» Dieu et l'inhumanité ; et doivent, ce me semble, ceux
» aux quels les doigts démangent trop, aller chercher les
» lieux honorables pour les exercer, où l'on apprend le
» mestier de la guerre, et d'autant que quelqu'un qui a
» voulu faire le vaillant en se loüant plus que les autres, a
» répliqué qu'il y avoit longtemps que les duels estoient en
» usage, et qu'autrefois toutes sortes de personnes de
» quelque éminente qualité, les permettoient en France.
» Or, craignant que quelques-uns, sur un tel ouy-dire,
» ne voulussent essayer de vous porter à des indulgences
» hors de saison, si vostre Majesté n'estoit esclaircie que
» par les formes qui s'observoient en telles permissions,
» le mal seroit bien moindre que la négligence, à ne chas-
» tier pas de peines civiles, sans exception, toutes paroles
» offensives, et afin que vostre Majesté soit mieux esclair-
» cie de cette vérité, j'en ay fait un recueil, l'abrégé de
» ce que j'en ay pû sçavoir, que je luy feray voir quand
» elle voudra.

» *Extrait pour l'antiquité des duels, des matières pour*
» *les quelles ils estoient permis, et de la forme qui s'ob-*
» *servoit en l'exécution.*

» Premièrement, il se vérifie par plusieurs autheurs,
» lettres, actes et registres que les duels sont de grande
» antiquité, et qu'en causes civiles, aussi bien que crimi-
» nelles, l'on estoit admis à présenter gages de bataille et
» que tels différends se vuidaient souvent par les armes.

» Il se trouve que dès l'an 855 le concile de Valence fit
» un décret contre les duels et en deffendit les permis-
» sions.

» Il se trouve aussi que du temps de Lothaire, la prati-
» que des duels estoit fort fréquente, et que luy mesme
» remit le divorce qu'il vouloit faire de sa femme, à la dé-
» cision des armes, et présenta gages de bataille, quoy
» que le pape Nicolas luy fit grande instance du con-
» traire.

» Sigisbert récite que du temps de l'empereur Othon Ier
» un point de droit concernant la représentation en suc-
» cession de ligne directe, fut vuidé par les armes.

» Yves, évesque de Chartres, escrivit à celui d'Orléans,
» pour l'admonester de ne recevoir plus de gages de ba-
» taille, ny permettre qu'aucuns différends se vuidassent
» par les armes.

» Il se trouve une autre lettre dudit Yves à Guillaume,
» archidiacre de Paris, l'admonestant de ne tolérer gages
» de bataille ès différends, pour causes civiles.

» Il se trouve une autre lettre dudit Yves, reprenant
» Raimbert, archevesque de Sens, pour ce qu'il avoit to-
» léré gages de bataille pour une teneure féodale.

» Il se trouve une ordonnance royale faisant deffences
» au prévost de Paris et baillif d'Orléans, de recevoir ga-
» ges de bataille pour différends en causes civiles, mais

2

» seulement en cinq cas, trahison, rapt, incendie, assas-
» sinat et furt nocturne.

» Le roy Sainct Louys fut un des premiers qui deffen-
» dit absolument les duels ; mais l'accoustumance estoit
» tellement invétérée que l'ordonnance en fut souvent en-
» freinte.

» Philippe le Bel, son petit-fils, renouvella l'ordonnance
» l'an 1303 ; mais depuis à cause des fréquents assassi-
» nats faits en secret, il permit gages de bataille en qua-
» tre cas, sçavoir : felonie, trahison, violement et incendie.

» Depuis le dit Philippe fit deffences que nuls évesques,
» seigneurs, ny juges, ne receussent gages de bataille,
» réservant à sa personne la permission de telles preuves
» par armes.

» La forme de procéder en cas de gages de bataille et
» de vuider les différends par armes, estoit telle que s'en-
» suit en France, Espagne et Angleterre.

» Premièrement la partie accusante faisoit convenir
» l'autre devant le seigneur ou juge, formoit sa plainte,
» et à faute de preuves, offroit de maintenir son dire par
» les armes, et lors jettait son gage.

» Le défendeur usoit de tels contredits que bon luy
» sembloit et, s'il manquoit de preuve, il jettoit aussi son
» gage.

» Lors toutes les deux parties ayant affermé leur dire
» véritable, et estre prests de le justifier par armes, le
» terme en estoit remis à deux mois, pendant le premier
» des quels ils estoient livrez entre les mains de leurs amis
» réciproquement, les quels s'estant obligez de les repré-
» senter, les conjuroient et admonestoient journellement de
» ne perdre leur corps et leur âme en soustenant opi-
» niastrement une fausseté.

» L'autre mois estoient mis en prison fermée, et là ad-
» monestez par gens d'église, de ce qui est dit ci-dessus.

» Plus, le jour estant venu, ils se présentoient dès le

» matin devant les juges tous deux estans à jeun, le quel
» leur faisoit faire nouveau serment de dire vérité, puis
» leur estoit présenté pain, vin et viande.

» Estant ainsi préparez, ils faisoient apporter leurs ar-
» mes des quelles ils étoient convenus et s'en armoient
» devant le juge et leurs parrains, choisis au nombre de
» quatre, les quels leur faisoient oindre le corps d'huile et
» couper les cheveux en rond et la barbe aussi.

» Après, les parties se faisoient représenter leurs accu-
» sations et deffences et y adjoustoient ou diminuoient ce
» que bon leur sembloit, puis ils estoient mis dans le camp
» fermé par les gardes d'ycelui, avec leurs quatre par-
» rains, les uns à un bout, les autres à l'autre.

» Lors les parties s'estant advancées avec leurs parrains
» jusqu'au milieu du camp, s'agenouilloient l'un devant
» l'autre, se prenoient par les mains, les doigts entrelas-
» sez, et là juroient et maintenoient derechef leur cause
» estre bonne, faisoient confession de leur foy, conjuroient
» l'un l'autre de ne maintenir une fausseté, juroient de
» n'user de magie, sorcelerie, fraude, barat, ny malengin,
» pour obtenir la victoire.

» Lors les parrains revisitoient leurs armes s'il n'y man-
» quoit rien, les ramenoient aux deux bouts du camp où
» ils les faisoient confesser, mettre encore à genoux, et
» prier Dieu. L'oraison estant finie, et les parties debout,
» les parrains leur demandoient encor s'ils n'avoient autre
» chose à dire, et leur responce faite, se retiroient aux
» quatre coings du camp.

» Après les héraults estant sur les barrières crioient pour
» trois fois : laissez aller les bons combattans, lesquels à la
» troisième voix, couroient l'un contre l'autre. Le vaincu,
» mort ou vif, estoit traisné sur une claye en chemise, puis
» après pendu ou bruslé et déclaré infame, selon la qua-
» lité du crime; et l'autre conduit à son logis en triom-
» phe, et son dire confirmé par arrest.

» En Allemagne il y avoit trois lieux principaux nom-
» mez par ordonnance des roys et empereurs, pour l'exé-
» cution de tels duels, à sçavoir, Wirtsbourg en la Fran-
» conie, Onspach et Halle en Suaube, aux quelles les
» cérémonies qui s'y observoient, estoient en quelque
» sorte différentes de celles cy-dessus et mesmes n'estoient
» pas semblables en tous les trois lieux ; mais à cause qu'il
» y a peu à dire je me contenteray de transcrire celles de
» Halle, qui sont telles : ces combats estoient permis seu-
» lement aux gentils hommes et chevaliers, et observoit-
» on en cette espreuve telle forme de procéder, etc.

  » Après que l'on avoit ainsi pourveu à toutes ces cho-
» ses, le hérault faisoit ces trois cris en cette sorte, laissez
» aller les bons combattans ; au troisième des quels ils sor-
» toient de leurs maisonnettes, et alloient au combat. Ce-
» luy qui estoit navré et se rendoit à son ennemy, estoit
» infame toute sa vie, et ne luy estoit permis de couper sa
» barbe, de posséder aucun honneur ny charge, de por-
» ter aucunes armes, ny de monter jamais à cheval ; mais
» celuy qui estoit tué dans le camp en combattant, sans
» s'estre voulu rendre, estoit enseveli honorablement, et
» le vainqueur mené en triomphe en sa maison, et déclaré
» véritable et capable de tous honneurs, charges et offices.

  » L'an de nostre Seigneur, etc.

» MAXIMILIAN DE BÉTHUNE. »

L'ensemble des précédents, que nous avons résumés
aussi brièvement qu'il nous a été possible, prouve que le
duel judiciaire n'était rien autre chose qu'une procédure
grossière et brutale, une manière sauvage de trancher les
questions que l'esprit n'avait pas assez de force pour décider.

Que deviendraient nos avoués et nos avocats s'ils étaient
obligés de s'aller battre pour les procès qu'ils ont mission
de soutenir !

Et penser que, juste au milieu du dix-neuvième siècle,

la nation la plus spirituelle remet au hasard la décision de questions d'une éternelle vérité ! Qu'elle s'en rapporte au jugement de Dieu ! Qu'elle a recours au duel judiciaire ! Qu'elle s'escrime à l'instar des seigneurs féodaux !

Si elle veut absolument se battre, comme de hauts barons, qu'elle se soumette au moins aux règles inexorables du champ-clos : le vaincu perdait son cheval et ses armes, il était traîné par les pieds hors de la lice, puis pendu haut et court, à moins qu'il n'eût la tête tranchée.

Adjoignez au moins une pénalité au jugement divin ; et si vous voulez le duel, adoptez aussi la pendaison et la décapitation qui en était l'annexe indispensable.

D'ailleurs on est trop véritablement croyant de nos jours, pour admettre ainsi, sans conteste, le jugement de Dieu dans les plus misérables affaires de la vie. L'intervention de la puissance éternelle se manifeste par les merveilles de la création ; le comble de l'audace et de l'orgueil humain est d'avoir voulu la faire descendre jusqu'aux intérêts individuels.

Nous lisions dans un recueil anglais :

« Une jeune artiste dramatique, miss Leggatt, avait été condamnée à la dernière session correctionnelle de Leeds à six semaines d'emprisonnement pour vol d'un violon, qu'on l'accusait d'avoir enlevé de l'orchestre. La délibération du jury avait été fort longue. Les jurés se trouvant également partagés, ils prirent l'étrange résolution de décider l'affaire par le sort.

» On mit dans un chapeau deux fragments d'un tuyau de plume d'inégale longueur. Le plus grand devait indiquer l'innocence de l'accusée, et l'autre sa culpabilité : *le jugement de Dieu*, si l'on peut l'appeler ainsi, s'étant prononcé contre miss Leggatt, le chef du jury est venu hardiment déclarer devant la cour que, par un verdict unanime, elle était reconnue coupable.

» Les conseils de l'accusée ayant eu connaissance de ce

qui s'était passé, ont rédigé uu mémoire pour demander la grâce de miss Leggatt. Le ministre de l'intérieur a pris des informations.

» Les jurés, consultés séparément, ont présenté des versions différentes, mais qui s'accordaient sur le fond, savoir, que l'unanimité du jury n'existait pas en réalité, et qu'ils s'en étaient rapportés au sort pour prononcer sur la liberté et l'honneur d'une accusée. En conséquence, grâce entière a été accordée à miss Leggatt, et elle a été mise en liberté. »

Il est un exemple contemporain qui rentre mieux encore dans notre sujet ; le voici :

Chacun se rappelle qu'en 1828 il y avait à Paris un banquier riche, hospitalier, fastueux, dont les fêtes étaient citées, dont les réceptions avaient un grand éclat. La meilleure compagnie tenait à être admise chez lui ; ses salons avaient d'autant plus d'éclat que Mme ***, sa femme, jeune, élégante, spirituelle, excessivement jolie, en faisait les honneurs avec un grâce parfaite, une coquetterie charmante.

Mme *** avait autant de raison que d'esprit, autant de vertu que de beauté, cependant la calomnie, — à quoi ne s'attaque-t-elle pas ! — voulut la flétrir de son souffle empesté. Quelques sourdes rumeurs circulèrent d'abord ; les méchants et les envieux les accueillirent avec empressement ; Mme *** était parfaite, elle excitait d'implacables jalousies. Bientôt le banquier reçut une lettre atroce, faite pour détruire son bonheur domestique ; on affirmait que M. de M... était l'amant de Mme ***, et l'on groupait autour de cette assertion menteuse un réseau de faits, insignifiants en eux-mêmes, mais qui, habilement réunis, faisaient naître de fâcheuses présomptions et semblaient même offrir de certaines probabilités. Bien entendu cette lettre était anonyme.

Le banquier voulut brûler la feuille écrite qui lui avait

été adressée, l'anéantir, n'y plus songer. Il adorait sa femme, il ne doutait pas d'elle ; il était sûr de M. de M..., c'était un de ses meilleurs amis... Pourquoi se préoccuper d'une dénonciation dont l'auteur n'osait se révéler ? quel cas peut-on faire de ces assassins moraux qui se cachent pour commettre le crime, comme les assassins vulgaires pour frapper la victime ? ceux-ci volent l'or, ceux-là l'honneur, lequel est le plus coupable ?

Cependant le banquier se gardait bien de détruire la calomnieuse missive ; il la relisait sans cesse, il la commentait avec soin ; il buvait à petits coups le poison qui détruisait le principe de son bonheur et de sa vie.

Enfin, brûlé par le chagrin et les tourments jaloux, le banquier résolut de se confier à ses plus intimes amis, à ses parents. L'écriture de la lettre qu'il ne savait à qui attribuer pouvait être reconnue, d'autres sauraient peut-être mieux que lui constater de quelle main émanaient ces pages perfides et offensantes. Il réunit une sorte de tribunal de famille, auquel M. de M... fut convoqué. Le banquier, par un singulier phénomène que présente souvent la jalousie, ne croyait pas aux faits énoncés, ne soupçonnait pas M. de M... Nommé dans la lettre, dénoncé par le calomniateur, M. de M... avait intérêt à déchirer le voile sous lequel se cachait le correspondant anonyme ; il se trouvait partie intéressée dans la triste affaire où il avait été mêlé à son insu ; le banquier crut remplir un devoir de loyauté en le faisant intervenir directement.

Quand les personnes mandées furent réunies, le banquier exposa les faits, produisit la lettre anonyme qu'il fit passer sous les yeux des assistants en interrogeant leurs souvenirs pour savoir s'ils reconnaissaient l'écriture.

A l'instant même, sans hésitations, plusieurs assistants déclarèrent que la lettre ne pouvait avoir été tracée que par un M. J..., hôte assidu de l'hôtel du banquier, l'un des plus galants admirateurs de la beauté de Mme ***.

M. J.·. était en relations suivies avec la plupart de ceux qui composaient le conseil de famille ; il avait entretenu avec eux, durant plusieurs voyages, des correspondances suivies.

On alla quérir ses lettres ; celles-là étaient signées. On compara, on confronta, on se livra à un examen minutieux d'où ressortit clairement la culpabilité de M. J....

L'écriture était du même caractère, les lettres formées sur le même modèle ; les alinéa commençaient à égales distances, les majuscules étaient pareilles ; bien plus encore, le papier était d'une qualité particulière qu'on retrouvait dans la pièce de conviction et dans les pièces de comparaison, la manière de plier et de cacheter était identique. On ne pouvait se tromper devant une aussi parfaite similitude, M. J... était le coupable.

Quant aux motifs moraux, on les expliquait par un amour dédaigné, par un désir d'ignoble vengeance. Toutes les circonstances venaient appuyer le fait matériel basé sur une preuve.

Le banquier voulait demander satisfaction à M. J.... Le conseil de famille s'y opposa formellement : l'honneur de Mme *** était trop pur pour devenir l'objet d'un soupçon ; il ne fallait pas le compromettre en prenant au sérieux une action si basse qu'elle ne pouvait l'atteindre. Le banquier dut se soumettre et obéir aux juges qu'il avait choisis ; mais il exigea au moins qu'on ne laissât pas ignorer à M. J... qu'il était découvert.

Cette demande était trop juste pour ne pas obtenir l'assentiment général ; il fallait faire savoir à M. J... que sa conduite lui valait le mépris universel.

Restait à faire choix du messager. M. de M... se proposa, il fut accepté ; signalé comme coupable, intéressé dans la question, il devait mieux que tout autre faire comprendre au calomniateur l'indignité de son action et le confondre par la subite révélation de la lumière dont on avait su illuminer ses machinations ténébreuses.

M. de M... partit pour exécuter la mission qu'il avait sollicitée. C'était un jeune homme ardent, emporté, violent même quand ses passions étaient en jeu.

Depuis longtemps il existait entre lui et M. J... une secrète rivalité ; ils s'empressaient tous deux autour de Mᵐᵉ *** ; ils étaient également beaux, également riches, également bien posés dans le monde, ils devaient se détester. Ils nourrissaient en effet une antipathie secrète, qui n'avait besoin que d'une occasion pour éclater et dégénérer en haine cordiale.

Aussi M. de M..., au lieu d'exposer les faits avec mesure et convenance, s'emporta en injures et en menaces. M. J... répondit très-vivement tout en repoussant l'accusation portée contre lui ; il protestait n'avoir pas écrit la lettre anonyme et malmenait fort celui qui était venu lui en parler.

Une scène fâcheuse, entremêlée de démentis et d'injures, ne pouvait se terminer que par une provocation. Rendez-vous fut pris pour le lendemain. Les choses furent régulièrement menées par les témoins, et M. J... reçut un bon coup d'épée :

— Vous m'avez blessé, dit-il pendant que ses témoins le relevaient, mais je tiens à ce qu'il soit constaté que je n'ai point écrit la lettre qui a motivé notre querelle.

— Vous avez tort de nier, répondit M. de M..., car je veux obtenir de vous l'aveu de votre faute, je veux que vous en fassiez des excuses aux personnes que vous avez offensées.

— Non, certes ; je ne prendrai pas la responsabilité de toutes les fanges que vous m'imputez et dont vos accusations seules m'ont donné connaissance.

— Alors, guérissez ; nous nous battrons encore une fois.

— Souhaite! nous recommencerons.

On emporta M. J... ; il se fit soigner par les meilleurs chirurgiens, la plaie se cicatrisa rapidement.

Dès les premiers jours de la convalescence, les témoins de M. de M... étaient venus le trouver, et rendez-vous avait été pris.

Ils se battirent une seconde fois; M. J... reçut un second coup d'épée :

— Voulez-vous avouer ? demanda M. de M....

— Certes, non !

— Alors nous recommencerons.

— Bien !

Il en fut ainsi durant toute une année. Ils se battirent onze fois. M. J... reçut onze coups d'épée. L'infortuné M. J... ne quittait le lit que pour aller au bois de Boulogne, où il recevait une blessure qui le renvoyait dans son lit jusqu'à la blessure nouvelle. Le sort des armes lui fut toujours fatal ; il n'eut pas une seule fois l'avantage, et M. de M..., bien que d'une adresse ordinaire, triomphait, sans difficulté aucune, de son malheureux adversaire.

Cette affaire devint publique et fit grand bruit; tous les salons de Paris s'en occupèrent. Les victoires successives de M. de M..., les défaites constantes de M. J... parurent extraordinaires, surhumaines, marquées du sceau de la puissance du ciel.

Le fond de l'affaire était connu ; on savait l'histoire de la lettre, les dénégations obstinées de M. J..., la persistance de M. de M... à obtenir un aveu. On commenta toutes les circonstances, on chercha à former un jugement, et l'opinion générale, toujours sympathique au plus fort, condamna impitoyablement M. J.... C'était un homme à ne plus voir, faux et fourbe, dangereux pour ses amis, pour ses simples connaissances, d'un contact compromettant : il fut mis au ban de la société.

Le grand argument, l'argument sans réplique était tiré

des onze coups d'épée. Onze coups d'épée ! voilà une raison irréfutable !

— Pourquoi aurait-il été frappé chaque fois s'il n'est pas coupable ? se disait-on. Évidemment la Providence favorise la bonne cause et manifeste sa puissance en protégeant le juste. C'est un exemple de la sagesse de nos pères, un miracle devant lequel la raison doit s'incliner; c'est le jugement de Dieu !

M. J... ne voulut pas admettre ce jugement; il se voyait honni, déconsidéré, perdu de réputation ; cependant il se sentait fort de son innocence, et, abandonnant l'arène du duel judiciaire qui lui avait été fatale, il en appela prosaïquement au tribunal de première instance du département de la Seine.

M. J... choisit heureusement pour avoué Me Gauthier, un homme de loi de la vieille roche, probe, travailleur, s'identifiant aux intérêts de ses clients. Me Gauthier, séduit par la singularité romantique de la procédure, s'y consacra tout entier.

L'affaire J... contre de M... fut donc poussée dans les règles prescrites par le Code. On posa des conclusions, le tribunal écouta les plaidoiries et nomma des experts en écriture pour vérifier les pièces et décider juridiquement si M. J... avait ou non écrit la lettre anonyme. Les experts désignés par le tribunal étaient deux illustrations calligraphiques, MM. Brard et Saint-Omer, les classiques des fioritures à main-levée.

— A quoi peut servir le procès ? disait le public toujours spirituel; nous avons vu cent lettres de J..., nous les avons comparées à la lettre anonyme, c'est la même main. D'ailleurs J... a reçu onze coups d'épée, le duel judiciaire l'a condamné, le tribunal civil ne saurait l'absoudre.

Le rapport des experts détruisit l'opinion si bien enracinée. MM. Brard et Saint-Omer démontrèrent que la lettre anonyme n'émanait point de M. J...; il y avait une

telle différence dans les panses d'*a*, une telle expression
dans les barres de *t*, une telle variété de pleins et de dé-
liés, que des yeux ignorants, inexpérimentés, barbares,
avaient seuls pu se laisser prendre à une similitude apparente. Les hommes de l'art ne s'y trompaient pas ! Ils ap-
puyèrent leur opinion de raisons si claires et si convain-
cantes que chacun dit à son voisin : — Comment, diable !
avez-vous pu attribuer cette maudite lettre au pauvre J...?
Quant à moi, j'ai toujours prétendu que sa bâtarde était
moins penchée et n'avait pas de ressemblance avec le *fac
simile* de la dénonciation que vous savez bien !...

Une circonstance particulière influa d'ailleurs sur le re-
virement de l'opinion : quelques jours avant le prononcé
du jugement, une amie de Mme ***, atteinte d'une grave
maladie et se sentant en danger, avoua hautement qu'en-
vieuse de la position de la femme du banquier, elle avait
écrit, poussée par la jalousie, la lettre qui avait fait tant de
bruit ; elle se repentait et voulait obtenir son pardon.

Cette déclaration, le rapport des experts, le jugement
du tribunal disculpèrent complétement M. J....

Chacun vint lui serrer la main et chercha à lui faire
oublier les chagrins causés par d'absurdes préventions.

J... alla droit à M. de M... :

— Monsieur, lui dit-il, pendant trois ans vous avez em-
poisonné ma vie, onze fois vous avez percé mon corps...
A mon tour d'exiger de vous un aveu et des excuses ; si
vous refusez, maintenant que la vérité est clairement établie et que nul ne doute de mon droit, nous ferons un
dernier appel aux armes, nous nous soumettrons une dernière fois au jugement de Dieu.

— Monsieur, je suis aussi entêté que vous, je n'avoue
ni ne me rétracte jamais... je vous donnerai encore onze
coups d'épée si cela peut vous être agréable, c'est tout ce
que je puis faire pour vous.

Le lendemain une douzième rencontre eut lieu au bois

de Boulogne, à la même place, avec les mêmes épées, devant les mêmes témoins.

M. de M... se présentait plein de confiance, croyant d'après les précédents qu'il aurait bon marché de son antagoniste obstiné.

Dès la seconde botte il fut tué raide.

Cette fois, c'était bien le jugement de Dieu,... ... ...
... ...

Il y a des milliers d'exemples de duels où le bon droit a succombé. Il existe même une raison pour qu'il en soit le plus ordinairement ainsi.

Un homme paisible se bat seulement lorsqu'il est poussé à bout; un bretteur dégaîne sous un prétexte futile. L'homme paisible a ordinairement raison; mais le bretteur a dix ans de salle. Et, sur le terrain, un contre de quarte vivement passé l'emporte sur tous les arguments.

Vous avez été à l'Opéra? vous y avez entendu chanter :

Dans mon bon droit j'ai confiance... an... an... an... ce, etc.

L'artiste qui entonne cet air magnifique, le fer à la main, tient son épée en tierce basse; — la plus détestable des positions connues.

Nous engageons vivement M. Scribe, si soigneux des détails de la mise en scène, à réformer dans un bref délai le non-sens des paroles qu'il a écrites et de l'attitude de l'artiste qui les interprète. Pour avoir confiance dans son bon droit, il faut être en garde, assis sur les hanches, un peu appuyé sur la jambe gauche; la main droite élevée, ferme, sans raideur; le bouton du pommeau à la hauteur de la poitrine, la pointe en face de l'œil de l'adversaire. — C'est moins gracieux, sans aucun doute, mais ce sont les premiers préceptes à appliquer pour faire triompher le bon droit.

Eussiez-vous cent fois raison, si vous prenez la tierce basse, vous serez touché par un coup droit.

3

Le coup droit réussira, que le duel soit judiciaire ou militaire, sans que le jugement de Dieu donne le temps d'arriver à la parade. Cette démonstration, — et nous en sommes bien honteux, — ressemble un peu à celle de M. Jourdain.

La théorie du *Bourgeois gentilhomme* n'empêchait pas sa servante de lui donner de grands coups de bouton. Mais M. Jourdain ne savait pas manier un fleuret.

Nous nous sommes permis de critiquer la mise en scène de M. Scribe, d'indiquer la position que doit prendre le tireur qui veut rester couvert, afin d'arriver à détruire cette erreur, « qu'un novice tue souvent un maître en fait d'armes, » erreur que nous n'aurions osé combattre à l'occasion du duel judiciaire et du jugement de Dieu.

Le chien de Montargis, Jarnac et la Châtaigneraie nous auraient été bien vite opposés.

Les histoires de conscrits triomphant des prévôts de salle sont nombreuses, mais elles sont rarement vraies. Les contes de cette nature ont pour résultat de déterminer des jeunes gens pleins de loyauté, de courage et d'inexpérience à affronter une mort à peu près certaine.

Nous ne prétendons pas nier les hasards du terrain, les coups de raccroc, les circonstances inattendues; le jeu de l'épée est capricieux comme tous les jeux ; un ponteur habile peut perdre sa mise ; — mais encore une fois, quand un bon tireur tient l'épée de son adversaire, du fort au faible, il est le maître de sa vie.

Les duels où les petits jeunes gens pourfendent des foudres de guerre se répètent comme toutes les choses merveilleuses dont l'intérêt s'accroît en raison de l'invraisemblance.

Ceux qui se fient à ces exemples fabuleux, à ces précédents apocryphes se placent dans une fort mauvaise position.

L'habileté, l'habitude et le sang-froid sont les qualités distinctives du duelliste émérite. Celui qui tire le mieux et qui s'est battu le plus souvent a pour lui toutes les probabilités ; l'égalité véritable n'existe que lorsque ces conditions sont remplies au même point, ce qui est excessivement rare. Il est facile de prévoir avant l'action, en suivant ces probabilités, lequel des deux combattants doit succomber.

Donc les questions qui devraient être résolues par la raison sont soumises à la force brutale, à l'adresse physique, à une action matérielle et inintelligente.

L'honneur le veut ainsi ! un homme aura mille fois raison et ne pourra exposer les faits, déduire les motifs, convaincre les esprits, se concilier les suffrages ! non, il lui faudra aller offrir sa poitrine à des coups meurtriers ; bien heureux s'il a affaire à un antagoniste généreux qui se contente de tirer quelques gouttes de sang, comme pourrait le faire un chirurgien sur un apoplectique, faisant grâce de la vie épargnée avec une clémence plus humiliante que l'injure qu'il s'agissait d'effacer.

Le point d'honneur l'exige ! il a des lois auxquelles il faut se soumettre d'autant plus humblement qu'elles ne sont ni écrites, ni matériellement obligatoires, et que leur force gît exclusivement dans la tradition, le sentiment et le préjugé.

Le point d'honneur, monstre à l'esprit difforme légué par les temps barbares, est arrivé jusqu'à nous prenant plus de force d'âge en âge ; il a acquis de telles proportions que la civilisation, en grandissant à côté de lui, est restée impuissante à l'étouffer.

Nous l'avons déjà dit : c'est dans le duel judiciaire que se trouve l'origine du point d'honneur ; il faut remonter à la source des anciennes formes procédurières pour découvrir le germe de la seule coutume féodale qui ait conservé son prestige en France.

La provocation, ou appel aux armes, basé sur les règles du point d'honneur, n'a généralement lieu que dans les cas suivants :

Coups, ou menaces considérées comme l'équivalent de coups portés.

Démentis.

Injures, offenses directes ou allégations de faits outrageants.

Examinons chacun de ces principes, en exposant leur origine et les conséquences qui en ont découlé.

Jadis les gentilshommes combattaient à cheval, revêtus de leur armure ; les vilains se battaient avec des bâtons. Les chevaliers avaient le visage protégé par la visière du casque ; la figure du manant était découverte et exposée aux coups.

D'où il a été conclu : que la blessure ne résultant pas du contact d'une arme de guerre est déshonorante ; qu'un soufflet est également insupportable ; parce que, dans l'un et l'autre cas, le fait outrageant assimile celui qui le subit à un vilain ! Le duel avec les armes ordinaires réhabilite l'insulté en constatant qu'il a le droit de se servir des moyens de destruction réservés à la caste privilégiée. Cette origine du duel pour les coups est tellement vraie, qu'avant la révolution de 89, même dans les contestations aggravées de voies de fait, l'appelant ou l'appelé dont la naissance était douteuse ne pouvait se présenter sur le terrain sans avoir fourni ses preuves de noblesse, et les coups portés à un roturier n'entraînaient pas l'obligation de se mesurer avec lui. Le tribunal des maréchaux était spécialement institué pour les gentilshommes et ceux qui faisaient profession d'honneur ; il ne devait sa juridiction à aucune autre catégorie de justiciables. Faire profession d'honneur, c'était exercer un état qui assimilait en quelque sorte l'individu à la caste nobiliaire, en lui donnant le droit de porter l'épée. Ainsi un grade dans l'armée, une charge à la cour conféraient le privilége du duel à celui qui n'était pas pourvu de lettres de noblesse.

Tous les anciens casuistes du point d'honneur enseignaient hautement que les axiomes de leur morale n'étaient qu'à l'usage de certaines classes de la société.

L'un des auteurs les plus goûtés en cette matière, Scipion Dupleix, dit, dans son ouvrage intitulé : *Les Lois militaires touchant le duel*, édition de 1611 : « Si un » homme de robe longue, un financier, un marchand ou » un villageois avait donné un démenti ou dit quelque » autre injure à un gendarme, il fera mieux et plus sage- » ment de la dissimuler et s'en rire que de se mettre en » peine en lui donnant de l'épée sur les oreilles ; d'autant » que ces gens-là ne peuvent offenser un guerrier par » les injures desquelles ils ne se ressentiraient point, eux- » mêmes les recevant d'un autre. »

Il arrivait parfois que des roturiers auxquels on refusait la satisfaction réclamée, trouvaient des champions plus heureusement nés qui se chargeaient de leur querelle. Mais Louis XIV réprima bellement l'audace de ces vilains qui ne savaient pas supporter une injure, et il inséra à l'article 15 de son édit de 1651 :

« D'autant qu'il se trouve des gens de naissance igno- » ble et qui n'ont jamais porté les armes, qui sont assez » insolents pour appeler des gentilshommes, lesquels re- » fusant de leur faire raison, à cause de la différence des » conditions, ces mêmes personnes suscitent et opposent, » contre ceux qu'ils ont appelez d'autres gentilshommes, » d'où il s'ensuit quelquefois des meurtres d'autant plus » détestables qu'ils proviennent d'une cause abjecte ; Nous » voulons et ordonnons qu'en tels cas d'appels ou de » combats, principalement s'ils sont suivis de quelques » grandes blessures ou de mort, lesdits ignobles ou rotu- » riers qui seront dûment atteints et convaincus d'avoir » promeu semblables désordres, soient, sans rémission, » pendus et estranglez, et tous leurs biens, meubles et » immeubles, confisquez. »

Cette disposition montre comment on éludait non-seulement les édits du roi, mais aussi les lois du point d'honneur qui, dans ce siècle, ne permettaient pas à un roturier de se mesurer avec un gentilhomme.

La signification primitive de la correction manuelle est dans l'assimilation de celui qui la reçoit, à un serf, à un vilain. Outrage énorme au point de vue féodal, mais que le niveau démocratique et l'invention des pistolets a singulièrement amoindri.

Plus délicats que nos pères, nous avons fait des catégories à l'usage des battus : il y a coups et coups, comme il y a fagots et fagots.

On se rappelle le sang-froid d'un célèbre diplomate qui, recevant un énorme soufflet, s'écria :

« Il vient de me donner un coup de poing !!! »

L'allégation mensongère de la fermeture des doigts changeait l'état de la question : la présence d'esprit du diplomate conciliait son amour de la paix et le respect des exigences publiques. Un soufflet nécessitait rigoureusement le duel ; mais un coup de poing permettait décemment un procès correctionnel, et le procès eut lieu.

Le coup le plus brutal et le plus dangereux n'entraîne pas les conséquences du simulacre non suivi d'effet. Roué sur place, on peut plaider ; mais il faut faire justice soi-même d'un geste douteux. — Conciliez donc, s'il est possible, la logique et la tradition de ces préceptes admis dans le monde : le privilége de souche disparaît ; le duel, qui en est l'annexe, subsiste et se généralise. Persuadez à un Français, dont le blason remonte aux croisades, de ne pas échanger une balle avec le commis de banque qui l'aura insulté ! Essayez de lui faire comprendre qu'il déroge en se mesurant avec un individu qui n'est point gentilhomme et ne fait pas profession d'honneur ! L'action matérielle est restée injurieuse après l'anéantissement de la signification qui y était attachée.

Les vieux Romains avaient des préceptes plus sages que

les nôtres, et cependant ils étaient, s'il faut en croire l'histoire, de fort bons militaires. Nous voyons, par la loi *ictus fustium : De iis qui notantur infamiâ*, que, chez eux, les coups de bâton même n'étaient point déshonorants. César aurait rendu des coups sans tirer son glaive. Tout individu auquel on allonge un coup de pied envoie deux amis chargés d'obtenir des explications.

Est-ce donc que chacun veut constater que ses nobles ancêtres lui ont transmis le droit de se servir de l'arme des genti'shommes ?

Non ; c'est que tout simplement le préjugé, au lieu de s'éteindre, s'est étendu sur une vaste échelle. Nos mœurs égalitaires n'admettent plus de distinction de naissance ; elles mesurent l'homme à sa valeur personnelle. La nation, en détruisant l'aristocratie, se substituait à elle et héritait de ses abus. — Le duel s'est généralisé.

Nous arrivons au démenti ; car, d'après un de ces apophthegmes que nous nous plaisons à citer pour faire ressortir leur vérité : « Un démenti vaut un soufflet, et un soufflet vaut un coup d'épée. »

Dans la procédure féodale, l'accusateur déclarait devant le juge que l'action dont la réparation était poursuivie avait été commise par l'accusé ; celui-ci répliquait qu'il en avait menti, et le tribunal ordonnait le duel. Cette façon ingénieuse de trancher la difficulté et de prendre un milieu entre une affirmation et une dénégation, établit la maxime qu'après un démenti il faut se battre.

Cette maxime prit une telle force, que l'appel d'un jugement était un défi porté au juge dont on n'acceptait pas la sentence. On l'accusait tacitement, en ne se soumettant pas, d'avoir menti à la justice et à la vérité. Saint Louis reconnaît, dans ses Établissements, que l'*appel contient félonie et iniquité.* Il est impossible de pousser un principe plus loin.

Malgré la création des cours supérieures chargées de

réviser les sentences rendues, la maxime du démenti a conservé toute son inflexibilité, tant nous sommes un peuple progressif.

Voilà donc, de bon compte, les deux plus graves, les deux plus fréquents motifs du duel réduits à leur valeur réelle par la constatation de leur origine judiciaire. Le point d'honneur est basé sur le préjugé féodal; il choque les lois de la religion et celles de la raison. Cependant c'est à lui que l'on a recours, malgré le travail des siècles, malgré le progrès des esprits, malgré l'amélioration évidente de la pensée humaine et les tendances philosophiques.

La vanité française n'a point cédé à soixante ans de révolutions. Les gouvernements les plus forts, les coutumes les plus saintes, les institutions les plus utiles ont croulé autour de nous. Au milieu de tant de ruines, nous avons seulement conservé le meurtre régulier qui flatte notre orgueil et satisfait notre impétuosité.

Nous avons détruit les donjons, nous avons rasé les châtellenies en accusant de barbarie ceux qui les habitaient, et nous héritons de ce que leurs mœurs avaient de plus barbare : nous adoptons leur fière façon de soutenir le bon droit, nous croisons la lame, nous poussons le cri de guerre, nous ne souffrons pas de tache au bouclier dont la loi a effacé les armoiries...

Un homme de cœur qui vient de recevoir un démenti ou un coup ne pense ni à Dieu, ni à sa mère, ni à ses enfants : il se bat.

Puis il débite sur le cadavre de son ennemi les saines doctrines de la religion et de la philosophie, s'il croit ou s'il pense. Les convictions les mieux enracinées n'auront pas empêché le terrible sacrifice accompli au profit du préjugé !...

La troisième et dernière cause générale du duel, les injures, offenses directes ou allégations de faits outrageants, dérive également de coutumes légales et remonte tout aussi haut que le duel pour coups ou démentis. Déjà la loi des Lombards autorisait tout offensé à venger par les armes une simple parole d'injure non rétractée.

« Si quelqu'un, disait-elle, dans un accès d'emportement, a traité un autre de poltron ou de lâche, et que cette insulte soit avérée ; qu'il s'excuse sur ce qu'il déclare avec serment qu'il tient l'offensé pour un homme d'honneur et de courage, et alors il en sera quitte pour la composition pécuniaire fixée par la loi ; mais s'il persévère dans son injure et offre de prouver par les armes que son adversaire est un lâche, qu'il fasse cette preuve s'il le peut. »

A toutes les époques, en effet, l'esprit altier des hommes de guerre s'est révolté contre le dédain et le mépris. Afin de prouver que l'opinion mauvaise exprimée légèrement n'était point méritée, on voulait donner une preuve de sa valeur à celui qui l'avait émise, et un appel avait lieu.

Bientôt cette coutume s'étendit, son exagération devint extrême. Les courtisans désireux de bruit, d'éclat, de renommée, donnèrent l'exemple d'une intempérance sanguinaire qui dépassa les bornes de toute croyance, et qui, par cela même, attira l'attention, conquit l'estime des sots et des peureux.

Les raffinés de Charles IX, de Henri III, de Louis XIII, se provoquaient lorsqu'en passant dans un étroit couloir du Louvre les plis de leurs manteaux s'étaient touchés en flottant. Toute injure aussi grave donnait lieu à une véritable bataille, car les seconds prenaient une part active à l'action, et cinq ou six couples s'escrimaient fréquemment pour des vétilles auxquelles une tête folle pouvait seule porter attention.

« M. de Sainte-Croix vient de se retirer dans ses terres » et de se marier : c'est une perte pour la cour, où il est » tenu comme un fort galant homme ; car en moins de » cinq ans de temps, il a mangé la moitié de son bien et

» tué quarante-un gentilshommes en cent douze rencon-
» tres auxquelles il a pris part. »

Il fallait donc dissiper son bien, égorger quelques di-
zaines de braves pour être un *galant homme!* Le *car* du
fragment de lettre relatif à M. de Sainte-Croix nous a toujours paru d'une magnificence splendide : il peint admi-
rablement l'époque. Trois siècles sont renfermés dans cette
conjonction.

Depuis longtemps les grands intérêts ne sont plus à la
cour : ils sont dans la politique général du pays. Aussi les
duellistes, — vaniteux comédiens auxquels il faut des spectateurs, — ont changé de théâtre, et ils sollicitent les applaudissements de toute la nation au lieu du suffrage dis-
cret de quelques belles duchesses, dont les doux regards
étaient la récompense ambitionnée par les bourreaux les
plus vaillants.

On se bat pour ses électeurs, pour ses amis politiques,
pour son journal, comme on rompait jadis une lance en
l'honneur des dames. Le tournoi, réduit à de bourgeoises
et matérielles proportions, perd tout prestige chevaleresque ; et, sous la visière de nos modernes champions, ap-
paraissent l'urne, l'emploi et l'abonné.

Cependant les raffinés n'ont pas entièrement disparu de
la surface de la terre ; nous en avons connu, il en existe
encore. Voici un petit duel de deux d'entre eux qui dura
seulement dix-neuf ans !

En 1794, le général Moreau, commandant en chef
l'armée du Rhin, avait établi à Strasbourg le quartier général de son état-major.

Strasbourg est une bonne ville, joyeuse, hospitalière,
vivante : l'étranger y est accueilli à merveille, surtout s'il
porte un uniforme ; car les Alsaciens sont tous soldats, et
ils s'imaginent trouver un frère dans les militaires qui
viennent tenir garnison dans leur province. Les vieillards
sont d'anciens serviteurs pensionnés ; les jeunes gens at-

tendent impatiemment leur dix-huitième année pour con-
tracter un engagement ; un garçon est méprisé lorsqu'il
n'a pas servi. Qu'on batte le rappel en Alsace, chaque
bourgeois qui franchira le seuil de sa maison, chaque pay-
san qui sortira de sa chaumière saura charger un fusil,
manier un sabre, dompter un cheval : « Autant d'hommes,
autant de soldats, » est un vieux dicton qui se répète dans
notre Alsace, et qui y est vrai.

Une population tellement guerrière doit avoir les défauts
qui ressortent de ses qualités : les Strasbourgeois sont un
peu mauvaises têtes, un peu querelleurs ; ils n'ont peut-
être pas toute la patience évangélique que l'on pourrait
exiger d'eux, mais ils fournissent certainement les meilleurs éléments de notre cavalerie légère.

Aussi, quand un spadassin se trouve à Strasbourg, il
peut, sans chercher beaucoup, ramasser une ample curée
de querelles.

Un jeune capitaine de hussards ne se faisait pas faute,
en 1794, de ce genre de distraction : il s'appelait F***.
Son caractère agressif et son adresse redoutable ont rendu
son nom célèbre dans les fastes du duel.

Le capitaine F*** avait déjà eu un grand nombre de
duels malheureux. Strasbourg lui reprochait de l'avoir,
pour de légers motifs, privé de plusieurs de ses enfants :
F*** n'en continuait pas moins à se servir de ses semblables en guise de cible ou de plastron.

Il exaspéra surtout la population strasbourgeoise en
tuant au pistolet, — il y était merveilleusement habile, —
un jeune homme nommé Blumm, unique soutien d'une
nombreuse famille, généralement aimé, qu'il avait provoqué sans motif plausible et tué sans pitié aucune.

La mort de Blumm fut un deuil publié, et F*** devint
l'objet d'un vif ressentiment.

Le jour des funérailles de ce malheureux jeune homme,
le général Moreau donnait précisément un grand bal à

l'hôtel de ville. C'était une fête officielle; la haute bourgeoisie, à laquelle Blumm était allié, ne pouvait se dispenser d'y paraître. F*** avait été invité comme tous les officiers de la garnison.

Le meurtrier et les amis de la victime se trouveraient en présence. Une scène scandaleuse pouvait résulter de leur contact; l'irritation était dans toute sa force : la fosse venait à peine d'être comblée.

Le général Moreau prévoyait que ces circonstances troubleraient la bonne intelligence régnant entre la garnison et les bourgeois, et que la faute d'un seul pouvait préjudicier à l'armée entière.

— Un homme de sens resterait chez lui, dit-il ; F*** viendra au bal, ne fût-ce que pour narguer ses ennemis... Comment éviter ces inconvénients?

— Ma foi, mon général, il y a un moyen bien simple : c'est de dire à F*** de s'en aller aussitôt qu'il arrivera.

Cet avis était ouvert par le capitaine Dupont, le plus jeune des aides de camp de Moreau.

— Mais, répliqua le général en chef, renvoyer F***, c'est se faire une affaire avec lui ; car, disciplinairement, je ne puis l'exclure... Qui voudra se charger d'une aussi mauvaise commission?

— Moi! répondit encore Dupont.

—Eh bien ! j'y consens... Seulement vous parlerez en mon nom, vous agirez d'après mes ordres, vous ne serez que l'organe de ma volonté ; car je ne veux pas, mon cher Dupont, que vous ayez une affaire avec cette mauvaise tête de F***.

Dupont s'inclina avec respect, et il baissa la tête un peu plus qu'il n'était nécessaire, afin de cacher un sourire narquois.

Le soir arriva : l'hôtel de ville était brillamment illuminé, un formidable orchestre faisait entendre des chants joyeux ; les invités arrivaient en foule ; F*** se présenta à son tour.

Dupont le guettait d'un coin de l'antichambre. Avant que F*** n'eût pu se débarrasser de sa pelisse, il s'approcha en demandant :

— Qu'est-ce que tu viens faire ici ?

— Ah ! c'est toi, Dupont ?... Bonsoir, Dupont... Parbleu ! tu vois bien, je viens au bal !

— N'as-tu pas honte de venir au bal le jour de l'enterrement du malheureux Blumm ?

— Ma foi, non !

— Que diront ses amis, ses alliés, qui sont dans les salons ?

— Ils diront ce qu'ils voudront ; ça m'est bien égal !... Ah çà, mais de quoi te mêles-tu, toi ?

— De ce qui occupe tous les esprits.

— Les esprits ont tort ; je n'aime pas qu'on fourre le nez dans mes affaires... Maintenant, mon cher, tu m'as fait ta petite morale, laisse-moi passer, j'ai envie de danser.

— Tu ne danseras pas.

— Pourquoi donc ?

— Parce que tu vas t'en aller.

— Je ne suis pas encore arrivé !

— Et tu n'arriveras pas jusqu'aux salons. Le général te fait donner l'ordre de rentrer chez toi.

— On me chasse ?

— Non ; c'est une précaution pour que tu ne sois pas chassé.

— Jour de Dieu ! Tu oses plaisanter, je crois, après l'insulte que tu t'es chargé de me transmettre ? Sais-tu bien ce que c'est que d'oser mettre F*** à la porte ?

— Fais-moi grâce de tes rodomontades, et va-t'en. J'ai invité une dame, et j'entends les premières mesures de la valse.

— Ecoute, dit F*** furieux, je ne puis me venger du général, c'est mon supérieur, c'est mon chef, il a le droit d'impunité... mais toi tu es mon égal, tu as osé te mettre de moitié dans l'injure, tu la payeras tout entière... nous nous battrons.

— Je t'ai communiqué poliment ce que j'étais chargé de te dire, répondit tranquillement Dupont, je ne t'ai point provoqué ; mais je devinais comment tout ceci devait finir avec un sacripant tel que toi... Ecoute à ton tour : il y a longtemps que tu m'ennuies, tes façons de spadassin me révoltent, je suis enchanté de l'occasion que tu me fournis et je te flanquerai une leçon dont tu te souviendras longtemps.

F*** se retira furieux, et comme il s'en allait lentement, à contrecœur, il eut le chagrin d'apercevoir Dupont qui avait couru chercher sa danseuse et qui, plus léger qu'un sylphe, tourbillonnait en l'entourant de ses bras.

F*** passa une mauvaise nuit. Sans l'espoir de tuer Dupont le lendemain il se serait désespéré.

Mais l'événement du combat ne fut pas tout à fait ce qu'il espérait, car Dupont lui donna un énorme coup d'épée.

— Tu tires bien ! dit F*** en tombant.

— Pal mal, comme tu vois.

— Oui ; mais maintenant je connais ton jeu, tu ne m'y reprendras plus... je te le prouverai quand je serai guéri.

— Tu veux donc recommencer ?

— Parbleu !

— Comme tu voudras ; je ne puis rien te refuser.

En effet, après quelques semaines de soins, F*** se trouva sur pied en face de son adversaire, et cette fois ce fut lui qui donna un bon coup d'épée à Dupont en lui disant :

— Tu vois bien que tu tiens la main trop basse pour arriver à la parade et qu'après avoir paré ton coupé j'arrive par ce contre...

Ce contre mettait trois pouces de fer dans le côté de Dupont.

— Seconde manche!... s'écria Dupont ; à bientôt la belle !

Cette belle donna lieu à quelques petites difficultés qui furent promptement tranchées. F*** prétendait que les deux premières épreuves ayant eu lieu à l'épée, la partie décisive devait être jouée au pistolet.

Il appuyait son opinion de raisons plausibles et prenait le ton le plus insinuant pour la faire adopter.

Mais Dupont revendiqua le privilège militaire qui oblige les officiers à se battre avec leur arme.

Dupont faisait bien de maintenir son droit, car l'habileté de Fournier au pistolet est devenue historique : il avait habitué son domestique à tenir entre ses doigts une petite pièce de monnaie qu'il enlevait à vingt-cinq pas à l'aide d'une balle. Et souvent les hussards de son régiment qui passaient au galop en fumant leur pipe, voyaient le précieux brûle-gueule brisé entre leurs lèvres sans qu'ils sussent à quel motif, à quelle tempête attribuer cette catastrophe. C'était F*** qui s'exerçait au tir du pistolet et qui, par malice, choisissait pour but la pipe des passants.

Il touchait invariablement la place qu'il visait. Dupont avait donc raison de ne pas vouloir tirer le pistolet, et l'arme blanche fut maintenue non-seulement pour la belle, comme ils la nommaient, mais encore pour les innombrables rencontres qui suivirent et qui perpétuèrent ce duel de dix-neuf ans au delà des bornes connues.

La belle, puisqu'il faut la nommer ainsi, n'amena aucun résultat décisif, aucun des deux adversaires n'eut un avantage marqué ; il se donnèrent mutuellement un petit coup d'épée léger, sans signification précise, égal en profondeur et en position, qui ne tranchait pas la question et laissait les choses en l'état.

Alors, ces deux excellentes têtes, contrariées de ce résultat négatif, convinrent de recommencer la lutte jusqu'à ce que l'un des deux s'avouât vaincu et renonçât à la partie.

Un obstacle semblait bien se présenter : le régiment de hussards dont F*** faisait partie, entrait en campagne et quittait Strasbourg le lendemain. Mais une pareille difficulté ne pouvait arrêter des imaginations ingénieuses, on la tourna en convenant : « 1° Que chaque fois que » MM. Dupont et F*** se trouveront à trente lieues de » distance l'un de l'autre, ils franchiront chacun la moi- » tié du chemin (soit quinze lieues) pour se rencontrer » l'épée à la main. 2° Si l'un des deux contractants se » trouve empêché par son service, celui qui sera libre » devra parcourir la distance entière, afin de concilier » les devoirs de la discipline et les exigences du présent » contrat. 3° Aucune excuse autre que celles résultant » des obligations militaires ne sera admise. 4° Le pré- » sent traité étant fait de bonne foi, il pourra être dé- » rogé aux conditions arrêtées, du consentement des par- » ties. »

Ce singulier acte a existé, — nous en avons vu une copie conservée par le colonel Berger, l'un des témoins de la troisième rencontre, de la belle manquée, — et, qui plus est, il reçut son entière exécution.

Quand les deux fous pouvaient se joindre, ils se battaient ; la correspondance la plus bouffonne s'engagea entre eux.

« Je suis engagé à déjeuner par le corps d'officiers du » régiment de chasseurs en garnison à Lunéville, écri- » vait l'un, je compte faire le voyage pour répondre à une » aussi aimable invitation ; puisque tu es en congé à Lu- » néville nous profiterons, si tu le veux bien, de mon » court séjour dans cette ville pour nous donner un coup » d'épée. Tout à toi. »

Ou bien encore :

« Cher ami, je passerai à Saltzbourg le 5 novembre

» prochain vers midi. Viens m'attendre à l'hôtel des
» Postes ; nous nous donnerons un coup d'épée. »

Quelquefois l'avancement dans l'armée de l'un des deux
entêtés duellistes entravait momentanément le cours régu-
liers de leurs rencontres. L'article 3 du traité enjoignait
le respect des règles de hiérarchie militaire ; une trêve
forcée existait momentanément entre le supérieur et le
subordonné. Mais à cette époque les grades se gagnaient
vite, la différence de position disparaissait, le niveau était
rétabli et l'on s'écrivait gracieusement :

« Mon cher Dupont, j'apprends que l'Empereur, ren-
» dant justice à ton mérite, vient de t'accorder le grade
» de général de brigade. Reçois mes sincères félicitations
» au sujet d'un avancement que ton avenir et ton cou-
» rage rendent naturel. Il y a pour moi un double motif
» de joie dans ta nomination : d'abord la satisfaction d'une
» circonstance si heureuse pour ton avenir, ensuite la
» faculté qui nous est rendue de nous donner un coup
» d'épée à la première occasion. »

La singularité de cette affaire indéfiniment prolongée
attira l'attention publique ; Dupont et F*** n'en mirent
que plus de persistance à observer strictement les clauses
de leur traité ; ils portaient sur le corps de nombreuses
cicatrices provenant de la querelle originelle dont l'antichambre de l'hôtel de ville de Strasbourg avait été le
théâtre, ils n'en continuaient pas moins à s'entrelarder
avec passion, et le général F*** disait parfois avec une
grande naïveté :

— Il est vraiment étonnant que moi, qui tue toujours
mon homme, je ne puisse parvenir à tuer ce diable de
Dupont !

Car le général F*** ne se dispensait pas des duels accessoires que la fortune voulait bien lui offrir. Ses expériences *in animâ vili* réussissaient à coup sûr, l'application devenait impossible dès que Dupont lui était opposé.

C'est qu'aussi ce diable de Dupont avait un calme, un sang-froid et un poignet incroyables ! Il aurait passé pour un fort mauvais coucheur si on n'avait eu le général F*** à lui opposer comme terme de comparaison.

Aussi à l'armée, où le général Dupont était aimé, où le général F*** l'était peu, disait-on communément :

— Le général Dupont est le meilleur enfant du monde, seulement le général F*** l'agace.

Ils eurent des prises d'un inattendu merveilleux.

Le général Dupont reçut l'ordre de se rendre à l'armée des Grisons. Il traversa rapidement la Suisse et arriva dans un petit village où était l'état-major des troupes dont il avait le commandement. Dupont n'était pas attendu, aucun préparatif n'était fait pour le recevoir, il n'y avait pas d'auberge dans cette misérable localité. La matinée était froide, pluvieuse ; aussi Dupont voyant devant lui un chalet de bonne mine, dont les fenêtres brillantes décelaient un grand feu, dont l'escalier extérieur descendait jusqu'à ses pieds comme pour l'inviter coquettement à une hospitalité montagnarde ; Dupont, dis-je, n'hésita pas à aller demander un abri, de la chaleur, à l'heureux habitant de la maison de bois.

Il arriva jusqu'à la chambre dont les fenêtres illuminées avaient fait naître sa convoitise. La clef était à la porte... il ouvre... il entre...

Un homme écrivait assis devant un bureau ; au bruit de la serrure il lève la tête et reconnaissant l'importun qui vient le distraire, il dit avant qu'il n'eût franchi le seuil :

— Ah ! c'est toi Dupont... Nous allons nous donner un coup d'épée...

L'habitant de cette chambre, c'était F*** !

— Parbleu ! je veux bien ! répondit Dupont en tirant son épée.

F*** se leva et alla chercher son arme qui était déposée **dans un coin.**

Ils tombèrent immédiatement en garde.

Tout ceci avait été aussi rapide que l'éclair, une minute avait suffi. Se voir, se reconnaître, se provoquer, s'attaquer, avait été spontané comme la pensée, naturel comme une des facultés essentielles de la vie, nécessaire comme le besoin de respirer sans lequel on ne peut vivre.

Ce fut seulement en ferraillant que la conversation s'engagea :

— Je te croyais employé à l'intérieur? dit F***.

— Le ministre me place au 4ᵉ corps.

— Tiens! comme ça se trouve, j'y commande la cavalerie!... Alors tu es arrivé depuis peu?

— Je descends de voiture à l'instant.

— Et tu as tout de suite pensé à moi ; comme c'est aimable !

— Ma foi! non ; j'ignorais ta présence dans ce village.

— Heureux hasard !

— Et voyant à travers les vitres qu'il y avait du feu dans cette pièce, j'ai voulu me chauffer.

— L'exercice que nous prenons te réchauffera suffisamment.

Tout cela était mêlé de terribles bottes; chaque phrase se trouvait hachée par des coups portés et parés. Ils causaient en camarades et se battaient en ennemis acharnés.

L'action devint plus vive ; le général F*** s'animant l'épée à la main, hasarda deux dégagements sur lesquels le général Dupont prit l'avantage. Celui-ci, profitant de l'opposition, poussa vigoureusement le général F*** qui fut obligé de rompre.

Dupont marchait toujours à l'épée en disant :

— Ah! tu recules, mon gaillard, tu recules...

— Je ne recule pas, je romps. Crois-tu que je me laisse embrocher sans faire plus de résistance qu'une mauviette ?

— La chambre n'est pas grande, tu vas toucher la muraille et être obligé de t'arrêter.

— Alors nous verrons.

— C'est tout vu.

En prononçant ces mots, le général Dupont se fendit à fond.

Le général F*** avait en effet été acculé à l'extrémité de la pièce où se livrait le combat, tout contre le panneau communiquant à l'extérieur.

L'épée du général Dupont l'atteignit au cou, qui fut percé de part en part.

Or, il ne faut pas oublier que la maison était un chalet et que les chalets sont construits en bois.

L'épée du général Dupont après avoir transpercé le cou du général F*** alla frapper la muraille. Si cette muraille avait été en pierre, le fer se serait brisé; mais comme c'était simplement une planche de hêtre, la pointe de l'épée y pénétra et F*** fut littéralement cloué à son panneau, comme un portrait de famille mal accroché.

— Sacrédié!! cria-t-il.

— Tu ne t'attendais pas à celle-là.

— Si... du moment que j'ai lâché ma garde je me suis vu pincé. Mais c'est toi qui ne t'attends pas à ce qui va t'arriver.

Notez bien la situation des deux interlocuteurs durant cet aimable dialogue : l'un remplissait le rôle de naturaliste, l'autre celui de papillon.

— Eh bien! voyons qu'est-ce qui m'arrivera? demanda Dupont.

— Au moment où tu vas te retirer je te flanquerai un coup de bas dans le ventre et je te tuerai.

— C'est que c'est vrai! répondit Dupont en appuyant de toute sa force.

— As-tu bientôt fini de percer ce bois! cela devient ennuyeux à la fin.

— Je prends mes précautions contre le coup de bas.

— Tu ne peux pas l'éviter, mon cher.

— Oh ! que si !

— Oh ! que non !... Prends garde au moment où tu vas te retirer.

— Je ne me retirerai pas ; je te laisse cloué jusqu'à ce que tu jettes ton épée.

— Non !

— Comme tu voudras. Et Dupont pesait sur sa lame de façon à en faire une véritable vrille.

— Sais-tu que cette position est désagréable ! dit F***.

— Pour toi, surtout !... Jette ton arme, je te permettrai de la quitter.

— Non, je veux te tuer.

— Tu n'entends pas tes intérêts.

— Et toi, tu calcules trop bien les tiens ; tu m'as fait au cou un blessure dont la cure est certaine ; je t'en ménage une dont tu mourras sur place, et tu veux m'obliger à renoncer à cette satisfaction ; ce n'est pas juste.

— Si tu n'es pas plus raisonnable, nous allons nous tenir tranquilles jusqu'à ce que tu sois épuisé : ton sang coule avec abondance, l'hémorrhagie est violente, dans dix minutes tu tourneras l'œil.

— Il est impossible que tu restes encore dix minutes le bras tendu ; l'engourdissement va te prendre, ton poignet s'abaissera, et tu recevras mon coup de bas.

— Oh ! que non !

— Oh ! que si !

— C'est ce que nous allons voir.

— Je ne suis pas impatient.

— Ni moi non plus.

— Alors, attendons le résultat.

Cette contestation se serait indéfiniment prolongée et aurait amené un résultat fatal, si le bruit que faisaient les deux généraux n'avait été entendu à travers les cloisons sonores du chalet. Des officiers d'état-major accoururent en reconnaissant au fracas qu'une scène violente se pas-

sait dans la chambre de F***. Ils séparèrent à grand'-
peine les combattants, et durent prendre des précautions
extrêmes pour qu'ils ne se portassent pas de nouveaux
coups en recouvrant la liberté de leurs mouvements.

Quand on les eut entraînés chacun d'un côté différent,
ils prétendirent tous deux être privés frauduleusement de
la victoire. Ils demandèrent avec le plus grand sérieux qu'on
les remît dans la situation dont on les avait arrachés.

Dupont s'engageait à replacer exactement son épée dans
le trou qu'elle avait fait, sans aggraver la blessure. F***
tendait résolument le cou et protestait de l'infaillibilité de
son coup de bas.

Il fallut à toute force séparer les deux enragés. On dut
employer la violence pour fourrer F*** dans son lit, et ce
fut seulement après l'avoir couché qu'on put décider Dupont à chercher un gîte dans le village, et à quitter le lo-
gement où il venait d'accomplir tant de hauts faits.

Un pareil épisode n'était pas fait pour calmer le zèle des
deux fervents duellistes. Leur ardeur belligérante ne se
ralentit pas ; ils recherchèrent plus que jamais les occasions de se mesurer : la querelle de Strasbourg paraissait
ne devoir jamais finir.

Dupont et F*** se battirent un nombre de fois infini :
tantôt F*** recevait un coup d'épée, tantôt c'était Dupont.
Leur compte se balançait par une somme de blessures à
peu près égale. Ils croisèrent le fer en Allemagne, en Po-
logne, en Russie. en Espagne, en Portugal, en Italie, dans
tous les pays où la grande armée passa pendant sa course
triomphante. Ils exécutèrent strictement les clauses du
traité de 1791, et n'eurent jamais le moindre reproche à
s'adresser.

Cependant le temps marchait, les années s'accumulaient
sur la tête de nos batailleurs. Ils étaient généraux de division, grand'croix de tous les ordres, dignitaires de
l'État, riches de leurs dotations, anoblis par l'Empereur.

On disait, ma foi : le comte Dupont et le comte F***!...
Et puis ils prenaient du ventre !

Dupont, le plus raisonnable et le plus porté à l'obésité,
réfléchissait parfois à l'absurdité d'une querelle vieille de
plusieurs lustres, et il se demandait s'il ne ferait pas bien
de tuer F*** une bonne fois, afin de couper court à tous
leurs différends.

Ce devint une idée fixe au commencement de l'année
1813, après qu'il eut fait la connaissance d'une charmante
jeune fille qu'il résolut d'épouser.

Il était persuadé, avec raison, qu'une fois marié et père
de famille, il ne devait pas aller jouer une existence qui
ne lui appartiendrait plus dans des luttes futiles, bonnes
tout au plus pour des sous-lieutenants sortant de l'école.
Mais il appréciait assez exactement le détestable caractère
du général F*** pour être sûr que, plus sa position serait
délicate et nécessiterait de ménagements, plus F*** le
pousserait à bout et réclamerait l'exécution des rencontres
dues. Il fallait donc laver le passé avant de prendre place
au coin d'un foyer paisible, au milieu d'une famille tranquille.

Le général Dupont demanda la main de la jeune personne qu'il aimait. Aussitôt après l'avoir obtenue, il se
rendit chez le général F*** :

— Tu viens prendre jour pour un coup d'épée ? dit
celui-ci en le voyant entrer.

— Peut-être bien... Mais, avant tout, j'ai besoin de
causer.

— Alors, donne-toi la peine de t'asseoir.

Ils s'accotèrent comme de bons amis :

— Écoute, F***, je vais me marier...

— Quelle bêtise ! s'écria F***.

— Hum ! fit Dupont en réfléchissant. Enfin, cela ne
fait rien ; je vais me marier.

— Je t'en fais mon sincère compliment.

— Avant d'entrer dans un état sérieux dont je comprends les devoirs et la gravité, je veux en finir avec toi.

— Oh ! oh !

— Il y a dix-neuf ans que notre querelle dure.

— C'est ma foi vrai ! De 1794 à 1813 : dix-neuf ans ! Comme le temps passe !

— Nous nous sommes battus très-souvent ; je ne sais pas précisément le nombre de fois.

— Ni moi non plus.

— Mais enfin, nous nous sommes trop battus.

— Il ne m'a pas semblé.

— Comme je ne veux pas continuer un genre de vie qui chagrinerait ma pauvre petite femme, je viens te proposer, en vertu de l'article 4 de notre traité, de changer le mode de combat et d'amener une dernière rencontre, dont résultat soit décisif.

— Il n'y a rien que je ne sois disposé à faire pour t'être agréable.

— J'ai trouvé un moyen sûr et régulier.

— Fais tes propositions ; j'écoute.

— Nous nous battrons au pistolet.

— Tu n'y penses pas, s'écria F*** étonné. Au pistolet ! Mais, mon cher, à l'arme blanche, tu peux te défendre, tandis qu'au pistolet...

— Je sais que ton adresse est fabuleuse ; cependant, le plan que j'ai combiné égalise à peu près les chances. Nous avons si souvent essayé de l'épée, que nous pouvons être convaincus de l'égalité de notre force ; nous nous ferions une blessure ; ce serait à recommencer l'autre semaine ; mieux vaut le pistolet pour forcer le dénouement.

— Tu penses bien que le pistolet ne me répugne pas.

— Voici comment nous agirons ; un de mes amis possède à Neuilly, à deux pas de la barrière de l'Étoile, un clos planté d'arbres ; une véritable forêt vierge à la porte de la ville.

— C'est agréable l'été.

— Le clos est entouré de murs, le mur est percé de deux portes, dont l'une donne entrée par le village, l'autre s'ouvre du côté de la Seine. Nous conviendrons d'une heure déterminée, et nous nous rendrons séparément à ce clos, armés de nos pistolets d'arçons ; nous entrerons chacun par une porte... nous nous chercherons et nous ferons feu à volonté en nous apercevant. Je ne connais pas la localité plus que toi, je n'y ai jamais été ; je n'ai donc aucun avantage.

— Tiens ! c'est drôle !

— Cela te va-t-il ?

— Oui ; rien que pour l'originalité du fait. Mais nous n'aurons donc pas de témoins ?

— Pas de témoins.

— Nous nous arrangerons comme nous pourrons une fois dans le clos !

— Tu as bien compris.

— C'est une petite guerre.

— Précisément.

— Une façon nouvelle de se débarrasser de son ennemi, imitée des temps primitifs... Tu as eu une idée très-ingénieuse... A quand la partie ?

— Demain à dix heures, veux-tu ?

— Non, je ne puis pas, j'attends mon tailleur... mais après demain...

— Impossible... après demain c'est mercredi, je déjeune chez le père de ma fiancée, je ne puis pas manquer. Mais si tu es libre jeudi...

— Va pour jeudi ; à dix heures ; c'est convenu.

— Voilà la clef de la porte du côté du village.

— Donne-moi plutôt l'autre clef ; j'adore le bord de la rivière... Merci, mon cher.

— Adieu !

— A jeudi !

— Ne prends donc pas la peine de me reconduire, je serais désespéré de te déranger.

Trois jours après, au moment où dix heures sonnaient à l'horloge de l'église de Neuilly, deux hommes entraient dans le clos planté d'arbres, appartenant à M. Bufraisse, l'un par la porte du village, l'autre par la porte du bord de l'eau. Ils s'enfermèrent vivement après avoir pénétré dans le clos ; puis ils sortirent de leurs redingotes de longs pistolets qu'ils y tenaient cachés.

C'était, comme on le devine, Dupont et F***. Ils jetèrent autour d'eux un regard rapide, afin de s'assurer qu'ils n'étaient point vus par leur ennemi, et ils se mirent à parcourir le clos, se cherchant l'un l'autre, tâchant de se découvrir sans être aperçu.

Il était important de ne pas se laisser surprendre à l'improviste, car une balle pouvait partir d'un taillis, et frapper l'imprudent qui se serait avancé sans précautions. Les conditions arrêtées le permettaient.

Aussi ils marchaient prudemment, s'arrêtant à chaque pas pour écouter si le grincement du sable ne leur révélerait pas la venue du danger ; ils mesuraient toute la longueur de chaque avenue dans laquelle ils s'engageaient ; ils fixaient des yeux soupçonneux sur chaque feuille agitée par le vent, ils interrogeaient chaque massif, chaque arbre, chaque indice qui pouvait devenir une révélation.

Ce n'était plus le duel régulier dont les formes et le mode déterminent à l'avance les mouvements des combattants ; c'était plutôt la guerre naturelle telle que la font les sauvages, une escarmouche calquée sur les rencontres des forêts américaines, dans lesquelles la vue, l'ouïe, l'odorat, servent à l'homme, comme à la bête fauve, pour suivre la piste de la proie qu'il veut dévorer.

Il était indispensable de se garder de tous les côtés à la fois. Si l'ennemi débouchait par derrière, on était visé et abattu sans même sans douter ; s'il guettait sur les flancs, il tirait à couvert ; s'il venait de face, il fallait essuyer son feu.

Terrible situation dans laquelle l'attente de l'imprévu doublait les émotions et amoindrissait le sang-froid.

Ces luttes dans lesquelles tous les sens sont appelés à concourir, où l'adresse et la prudence sont aussi nécessaires que la force et l'intrépidité, où l'on n'a plus, pour étayer le courage, l'exemple des précédents, la présence des témoins choisis, l'exercice régularisé des armes convenues, ces luttes parlent à la fois à tous les instincts de conservation ; elles font doublement battre le cœur des mouvements qui l'agitent dans le duel et dans la bataille rangée.

Dupont et F*** étaient deux terribles athlètes ; cependant la nouveauté de la situation, l'étrangeté de la position dans laquelle ils s'étaient mis volontairement, troublaient un peu la sérénité qu'ils avaient coutume d'opposer au danger.

Ils se savaient courageux et adroits, ils se redoutaient, sans faiblesse, comme de dignes champions qui avaient mainte fois éprouvé leur valeur, ils étaient persuadés que tous les moyens propres à assurer leur perte seraient habilement employés.

Ils n'avaient point à faire parade devant un public attentif, il n'était pas besoin d'ostentation généreuse ou téméraire ; ils donnaient tous leurs soins à l'œuvre de destruction qui les occupait sans se laisser distraire par aucun des sentiments faux qui souvent font oublier le danger pour satisfaire l'orgueil.

Ils avançaient lentement, leurs pistolets armés à la main ; l'œil au guet, l'oreille attentive.

Au détour d'une allée, ils s'aperçurent au moment où ils allaient en doubler le coude et s'y engager.

D'un mouvement vif et prompt, dont l'habitude explique la spontanéité, ils se jetèrent F*** derrière le tronc d'un chêne monstrueux, Dupont à l'abri d'un marronnier colossal.

C'est le mouvement qu'exécutent les tirailleurs d'avant-garde au moment de s'engager.

La longueur de l'allée qui les séparait n'était pas de trente pas ; il y avait donc portée de pistolet.

Placés chacun à une extrémité et protégés par la barricade végétale dont ils s'étaient emparés, ils ne couraient point de risque, mais il était impossible de quitter son retranchement sans s'exposer au feu.

Ils devaient faire de singulières réflexions alors que, cachés derrière une souche de bois, ils se disaient qu'un faux mouvement leur coûterait la vie.

Ils demeurèrent ainsi un assez long espace de temps, car, habitués comme ils l'étaient au tir de précision, offrir le premier feu, c'était faire le sacrifice de son existence.

Cette position menaçait de se prolonger indéfiniment ; leur persistance était conforme aux lois de la raison, ni l'un ni l'autre ne voulait céder l'avantage.

Enfin, Dupont se décida à agir ; le souvenir de sa fiancée le rendait avide d'un résultat et surexcitait sa verve guerrière. Seulement il ne perdit point toute prudence et il usa d'une ruse dont la réussite devait lui livrer son ennemi.

D'abord il agita délicatement le pan de sa redingote en dehors du cercle protecteur de son marronnier pour faire voir à F*** qu'il se remuait et qu'il ne tarderait pas à se découvrir. Quand il crut de sa manœuvre agaçante avoir suffisamment alléché son voisin, il avança la moitié du gras de son bras gauche, qu'il retira aussitôt.

Bien lui en prit.

Une balle fit immédiatement voler un large fragment d'écorce rasant l'arbre et balayant la place où le bras s'était montré.

F*** avait perdu un coup.

Au bout de quelques minutes Dupont recommença la même manœuvre du côté opposé. Mais comme F*** était un fin renard qui ne se laissait pas prendre deux fois de suite au même traquenard, Dupont enjoliva son idée et la para des semblants de la plus riante réalité.

Il montra le canon de son pistolet comme s'il attendait à son tour l'occasion de faire feu, et, prenant son chapeau de la main droite, il le montra, jusqu'aux bords, du côté gauche de son cher marronnier.

Le chapeau fut enlevé entre les doigts de Dupont comme les pipes entre les lèvres des hussards. Heureusement pour Dupont qu'il n'avait pas laissé sa tête sous son chapeau, la seconde balle de F*** l'aurait fracassée.

La ruse de guerre avait eu un plein succès. Les pistolets de F*** n'étaient plus que des tubes creux d'un secours inutile ; F*** désarmé était à la merci de son ennemi, il ne pouvait échapper au trépas qui le menaçait.

Dupont sortit de son fort et marcha vers le tireur qui venait de l'ajuster avec tant de conscience et de le manquer avec tant d'adresse.

F... avait l'attitude qui convenait à un brave tel que lui. Calme, la tête haute, l'œil brillant, les bras croisés, il demeurait immobile à sa place sans chercher à échapper à Dupont qui s'avançait le canon de ses pistolets dirigés sur sa poitrine.

Les conventions du duel sont implacables, ses lois sont sacrées. Aucune interprétation de texte n'est possible ; on est maître de la vie d'un ennemi avec certaines restrictions, mais on doit la sienne dans les mêmes limites. F*** s'attendait donc à subir le sort du vaincu ; il voyait venir la mort avec calme, comme une connaissance dangereuse qui n'avait pas le don de l'étonner parce qu'il l'avait souvent bravée.

Dupont s'arrêta à deux pas de lui :

— Je puis te tuer, c'est mon droit et mon privilége.

4.

F*** baissa la tête affirmativement.

— Mais, *moi*, je ne sais pas tirer de sang-froid sur une créature humaine, je n'aime pas à frapper un ennemi désarmé, je te fais grâce de la vie.

— Comme tu voudras.

— Je t'en fais grâce pour aujourd'hui, entendons-nous bien ?... Je veux devenir maître de la propriété dont je te laisse la jouissance ; c'est une sorte d'usufruit temporaire que je te concède, rien autre chose... Si jamais tu me tourmentes, si jamais tu viens me chercher querelle, si jamais j'ai à me plaindre de toi, je te rappellerai que je suis légitime possesseur de deux balles spécialement destinées à être logées dans ton crâne, et nous reprendrons les choses au point où nous les aurons laissées, c'est-à-dire que tu viendras te faire brûler la cervelle à ma première réquisition.

— Cela serait ennuyeux.

— Dame ! je ne puis pas faire davantage... d'ailleurs nous nous verrons peu... je vais entrer en ménage, je me dispenserai de la société des mauvais sujets de ton espèce ; tu iras de ton côté, moi du mien. Je ne te tourmenterai jamais, mais tu me laisseras tranquille, ou bien, à la première frasque de ta part, je te ferai le versement de mes balles dont tu viendras toucher le payement... Mes conditions t'agréent-elles ?

— Pas trop !

— Alors nous allons commencer par la fin, dit Dupont en relevant ses pistolets, voyons, décide-toi...

— Tu crois qu'une résolution de cette nature se prend sur-le-champ ? il faut le temps de la réflexion.

— Vois-tu, j'aimerais mieux que tu prisses tout de suite un parti, parce que, si mes conditions ne t'allaient pas, je serais ennuyé de revenir jusqu'ici. La course est longue.

— Au fait, j'accepte ! cela vaut mieux que rien, et puisqu'il n'y a pas moyen de faire autrement...

— Je n'ai pas besoin de savoir tes motifs, ils ne regardent que toi... Souviens-toi seulement que nous ne nous querellons plus, que nous ne nous parlons plus, que nous ne nous connaissons plus, et que j'ai deux balles à ton service dans mes pistolets... Adieu, mon cher ; je te souhaite de ne jamais nous revoir.

Le général Dupont s'éloigna en remettant ses batteries au repos, et bientôt après, F***, riant comme un fou de sa mésaventure, quitta le clos témoin de sa défaite et revint à Paris conter à tous ses amis comment venait de se terminer le fameux duel de dix-neuf ans.

Mais il ne parla plus sans ménagement de son vieil ennemi ; il évita de se trouver en sa présence, car il savait le général Dupont capable de réclamer son droit et d'en user dans sa plénitude ; seulement il conserva la conviction superstitieuse que Dupont était d'une espèce différente de celle des autres êtres créés, et que c'était le seul homme au monde qu'il fût impossible de tuer.. . . . .
. . . .

La race de bretteurs frénétiques est à peu près éteinte ; l'opinion a fait justice des individus qui, faisant métier de se battre, allaient à tout bout de champ chercher querelle au premier venu, et qui se seraient imaginés avoir perdu leur journée s'ils n'avaient salué le lever du soleil de quelque hécatombe destinée à rendre propice le faux dieu du point d'honneur.

On pourrait trouver encore de vieux restes de cette espèce à part, dont le dogme fait rire de pitié notre génération. Le colonel Dufay, déjà cité, venait passer une partie de l'été dans une maison de campagne des environs de Paris ; il y trouvait une réunion nombreuse ; il y rencontrait, entre autres, un certain Lercaro, gladiateur illustre, avec lequel il était très-lié.

La maîtresse de la maison, bonne et adorable femme, toujours regrettée de ceux qui l'ont connue, instruite de la susceptibilité provocatrice d'une partie des hôtes qu'amenait son mari, exigeait, avant de les recevoir, le serment de vivre en paix. Chez elle, les querelles n'étaient point permises; les discussions étaient interdites; quiconque manquait à ces lois était à jamais exclus.

Comme on tenait beaucoup à passer l'été chez madame d'A..., on mettait un frein à son caractère, on dépouillait ses méchantes coutumes : les tigres vivaient comme de petits agneaux.

Jamais une discussion vive, jamais une colère faisant explosion, jamais de violence, pas de brutalité. On était forcément astreint aux règles de la bonne compagnie.

Une pareille contrainte pesait lourdement à Lercaro et à Dufay ; mais ils avaient donné leur parole : pour rien au monde ils n'auraient manqué de la tenir. S'ils s'étaient crus capables de la fausser, ils seraient provoqués eux-mêmes, en admettant qu'il soit possible de se battre contre sa propre personne.

Comme c'étaient des hommes d'esprit, ils trouvèrent un terme moyen qui conciliait le respect de la foi jurée et les besoins de leurs habitudes.

Tous les mardis, de grand matin, ils sortaient discrètement de leur chambre, ils descendaient l'escalier à petit bruit et se rendaient dans un fourré du parc, convenu à l'avance.

Une fois réunis, ils tiraient des épées cachées sous leurs vêtements, puis, sans bruit, sans querelle, sans autre motif que le plaisir de l'action et le désir de se tenir en haleine, ils se battaient en véritables amis, c'est-à-dire au premier sang.

Quand une blessure avait été faite, ils se prenaient cordialement par le bras et rentraient au château en causant de choses et d'autres.

Rien ne troubla jamais leur bonne intelligence.

On s'apercevait bien que tous les mardis M. Lercaro

avait mal au bras, ou que le colonel Dufay boitait un peu ;
que M. Lercaro respirait avec peine et portait la main à sa
poitrine endolorie, ou que le colonel Dufay paraissait souffrir de grandes coliques, à en croire le geste qu'il faisait
comme pour se frictionner avec acharnement.

Mais on était loin de deviner le motif de ces indisposi-
tions périodiques, dont la fréquence et la régularité auraient dû éveiller le soupçon.

Jamais on n'aurait rien su de ces assauts à pointe aigui-
sée, sans un malheureux coup d'épée donné dans la figure.
Il n'y eut plus moyen de se cacher ; il fallut avouer la vérité : une blessure à la face ne se dissimule pas.

Madame d'A... voulut bannir les deux délinquants : ils
implorèrent humblement leur pardon ; ils jurèrent de ne
plus ensanglanter son jardin parfumé. On leur pardonna.

Mais fallait-il donc renoncer aux petits mardis !

Nous avons dit que, pour eux, tout serment était sacré :
ils ne se battirent plus à la campagne. Mais au commencement de chaque semaine, ils prenaient une voiture, allaient à Paris, et revenaient le lendemain fort satisfaits de
leur excursion, et quelque membre éclopé.

Il est vrai que c'étaient deux types rares, deux origi-
naux terribles.

Le nom du colonel Dufay est connu de tous les hommes
qui ont vu les premiers jours de la restauration : c'était
un des plus redoutables duellistes de 1815.

Nous ne saurions compter les innombrables combats
qu'il livra ; nous en rappellerons un seul qui mérite d'être
cité par sa singulière férocité, et parce qu'il est en dehors
de toutes les règles admises.

Le Palais-Royal était, à cette époque, le théâtre où se
jouaient les scènes les plus vives de la vie parisienne. A la
place où l'on voit la grande galerie vitrée s'élevaient de
pauvres barraques en bois, dans lesquelles des trafiquants
de toute espèce étalaient leur marchandise ; la terre n'é-

tait même pas battue ; le sol offrait toutes les inégalités de
ses caprices primitifs et faisait trébucher les promeneurs ;
l'éclairage mesquin de quelques lampes huileuses jetait une
lueur insuffisante : telles étaient les fameuses galeries de
bois dont le souvenir réchauffe le cœur de tout sexagé-
naire.

C'était aux galeries de bois qu'on venait chercher un
duel, bien sûr qu'on était de le rencontrer toujours. Des
gens qui ne se connaissaient pas, qui ne s'étaient jamais
vus, qui se seraient fort estimés s'ils avaient eu l'occasion de s'apprécier, se proposaient tranquillement de
s'aller couper la gorge ; et, le lendemain matin, remplis-
saient consciencieusement cet engagement, parce que les
uns étaient royalistes, les autres libéraux.

Un garde du corps croyait-il reconnaître à la tournure
un officier en demi-solde, il allait lui proposer une affaire,
qui était aussitôt acceptée ; un officier en non activité
apercevait-il un garde du corps en uniforme, il courait lui
offrir un duel, qui était accueilli avec bonheur. Tous ces
braves gens s'entretuaient à qui mieux mieux. Mais ils
mouraient fort satisfaits, enchantés de soutenir dignement
leur parti, persuadés qu'ils faisaient de la propagande, et
que rien n'était plus persuasif que cette polémique à grands
coups d'épée.

Martinville passait souvent aux galeries de bois pour
chercher sa petite querelle, avant de se rendre au bureau
de rédaction du *Drapeau blanc ;* le colonel Jacqueminot,
l'homme du monde qui fait le coup fourré avec le plus de
résolution, y posait les bases de sa réputation ; le colonel
Dufay y venait choisir chaque soir un homme à tuer le
lendemain.

Dufay était le grand homme, le héros, le matador du
lieu. La mort de MM. de Saint-M..., de T..., de N...,
B..., Ch..., de R... et autres lui avaient fait un renom
colossal. On admirait, on exécrait, on redoutait le colonel

Dufay ; et, ce qu'il y a de plus extraordinaire, on se battait toujours avec lui.

Cette condescendance moutonnière montre à quel degré de stupidité héroïque conduit le préjugé du point d'honneur. On était bien sûr de succomber sous les coups de l'irrésistible gladiateur, mais on n'en allait pas moins se faire tuer... et gaiement.

Un soir, après son dîner, le colonel Dufay arriva aux galeries de bois un cure-dents à la bouche, — on ne fumait par encore, — guignant du coin de l'œil sur qui il pourrait bien jeter son dévolu, quel serait le favori auquel il jetterait le mouchoir de sa faveur sanguinaire, qui serait le bienheureux choisi pour aller jouir des joies célestes un peu plus tôt que le destin ne l'exigeait.

Il aperçut un grand et bel adolescent aux formes athlétiques, revêtu de l'uniforme d'un régiment de la garde, qui se promenait avec quelques amis.

— Voilà bien mon affaire ! pensa-t-il.

Il doubla le pas et le poussa en passant.

Le jeune homme se rangea.

Il repassa, et il eut soin de lui fourrer le coude dans les côtes.

Le jeune homme parut surpris, mais ne dit rien.

Il se mit à le suivre obstinément en lui marchant littéralement sur les talons.

Le jeune homme se retira en disant poliment :

— Pardon, monsieur, la chaussée me paraît assez large pour que nous ne nous gênions pas mutuellement ; si vous vouliez y mettre un peu de bonne volonté, nous trouverions chacun de notre côté l'espace nécessaire.

— Je marche où il me plaît, je fais ce que je veux, je pousse qui me convient, répondit brutalement Dufay.

— Mais, Raoul, tu ne vois donc pas qu'il te cherche querelle ! s'écrièrent les amis du jeune officier.

— Il me cherche querelle ! et pourquoi ? demanda Raoul au comble de l'étonnement.

— Il ne voit pas que c'est à lui qu'on en veut, et il demande mes motifs ! dit Dufay en riant d'un rire grossier et provocateur.

— J'arrive récemment à Paris, dit modestement Raoul, et j'ignorais qu'un homme d'un extérieur aussi grave que le vôtre pût prendre plaisir à des plaisanteries qui ne laissent pas que d'être offensantes.

— Ah ! il se trouve offensé ! au moins c'est quelque chose... Messieurs de la nouvelle armée ont l'entendement bien lent.

— Vous persistez, monsieur ; c'est mal. En quoi puis-je avoir mérité un pareil traitement ?

— Ah ! les motifs !... Il les veut absolument... Sachez d'abord qu'un motif n'est pas nécessaire. Si vous exigez absolument qu'il y en ait un, apprenez que je traite en ennemi quiconque a des épaulettes, depuis que les miennes m'ont été retirées, et que tout soldat portant la cocarde qui décore votre chapeau est tenu de me prouver qu'il vaut mieux que les vieux troupiers de l'ancienne armée, dont j'ai fait partie.

— Je devine. . Vous êtes officier à la demi-solde, et vous venez m'adresser une de ces provocations que vous et vos camarades jetez en toute occasion à la face des fidèles serviteurs du roi... Je doutais de la réalité d'une monstruosité pareille : il faut votre extrême franchise pour me persuader.

La tranquillité polie de Raoul surprenait Dufay et l'embarrassait un peu ; le calme et l'urbanité de son langage étaient en dehors des coutumes admises dans les altercations des galeries de bois. Le colonel se sentit presque pris de sympathie pour son antagoniste ; il ne voulut pas le pousser à bout :

— Je vois qu'une querelle ne vous convient pas ; ce

n'est pas ce que vous cherchiez ici... Soit ! nous nous sommes trompés ; je m'adresserai à quelque autre mieux disposé que vous.

— En effet, monsieur, je ne cherchais pas de querelle ; mais j'en rencontre une, je l'accepte, dit Raoul sans s'émouvoir davantage.

— Bah ! fit le colonel, dont l'ardeur se réveilla à ces mots.

— Ce n'est point, monsieur, parce que vous m'avez poussé étourdiment ; ce n'est point parce que vous avez appuyé le pied sur le talon de ma botte : de semblables misères ne sauraient toucher à mon honneur... Mais vous avez dédaigneusement parlé de la cocarde que je suis fier de porter ; vous avez semblé douter du courage que je pourrais montrer pour faire respecter les insignes de mon grade : ceci constitue une double offense dont c'est à moi de demander raison.

— A la bonne heure ! pourvu que nous nous battions, c'est tout ce qu'il me faut : il m'est indifférent que ce soit pour votre cocarde ou pour votre chaussure.

— Ne persistez pas dans ce langage ; deux gentilshommes qui doivent se mesurer ménagent leurs paroles et se respectent.

— Je ne suis pas gentilhomme, moi !

— Mais vous êtes officier ; le métier des armes ennoblit... Oserai-je, monsieur, vous demander comment vous vous nommez ?... Moi, je suis le chevalier Raoul de ***.

— Moi, je suis le colonel Dufay.

A ce terrible nom, que tant de duels avaient rendu populaire, Raoul recula étonné ; mais il ne témoigna ni terreur, ni faiblesse ; il conserva toute sa fermeté. Les amis qui l'accompagnaient connaissaient de vue le colonel ; devinant à l'avance ce qui devait se passer, ils se tenaient immobiles, tristes et silencieux, prêts à soutenir leur jeune camarade, comme la circonstance l'exigeait.

— Quel est votre arme, colonel ? demanda Raoul.

— C'est à vous de choisir : vous en avez le droit comme offensé... D'ailleurs, je suis indifférent à cet égard ; je suis également fort à l'épée, au sabre et au pistolet.

— Et moi, répondit Raoul en souriant, je n'ai jamais touché, ni un fleuret, ni un sabre, ni un pistolet... Vous voyez que mon indifférence doit être encore plus grande que la vôtre.

— Que diable ! ça n'a pas le sens commun ! s'écria Dufay mécontent ; vous ne vous êtes pas encore battu, vous n'avez pas suivi votre académie... et vous êtes officier ?... et vous avez au moins vingt-cinq ans ?... A quoi diable avez-vous passé votre temps ?... Comment avez-vous été élevé ?

— Il y a dans vos paroles des vérités et des inexactitudes ; je suis inexpérimenté et je suis officier ; mais je n'ai pas autant d'années que vous le supposez : je parais plus âgé que je ne le suis en réalité, et vous vous expliquerez mon ignorance en apprenant que j'ai seulement dix-huit ans.

— Fichtre ! dit le colonel, sur lequel cette révélation produisit un effet désagréable ; vous êtes si grand, si fort, que je croyais avoir affaire à un gaillard capable de résister ; vous n'êtes qu'un enfant, je ne me battrai pas avec vous.

— Quelques années de plus ou de moins ne changent rien à la question telle qu'elle est posée entre nous ; vous m'avez attaqué, non pas sur mon acte de naissance, mais à l'occasion de mon brevet d'officier : que l'officier soit plus ou moins jeune, ceci ne vous regarde plus ; vous me devez une satisfaction.

— Encore une fois, je ne puis me battre ; je viendrais à bout de vous trop facilement ; ce serait un assassinat.

— Dussé-je payer de ma vie l'honneur de défendre le drapeau de mes princes, ce n'est pas en ma personne qu'on pourra impunément l'attaquer.

— Vous êtes un brave jeune homme, et vous m'intéressez, ma parole d'honneur... Aussi, allez de votre côté, je vais du mien... oublions ce qui s'est passé.

— Il me faut une satisfaction.

— Eh bien ! je vous fais des excuses. Le colonel Dufay vous fait des excuses, entendez-vous bien ?... Il n'est pas un homme au monde qui puisse se vanter d'en avoir obtenu... Dites que je vous ai fait des excuses, je ne vous démentirai pas. Avec cette phrase, votre honneur est à couvert, votre réputation est faite : vous devez vous tenir pour satisfait.

— Non ; c'est une réparation par les armes que je veux.

— Vous êtes un jeune fou ; vous ne l'aurez pas.

— Vous m'avez insulté dans mon honneur militaire, c'est en soldat que je dois me réhabiliter : il faut du sang.

— Croyez-moi, ne poussons pas les choses plus loin. J'ai fait pour votre honneur tout ce que vous pouviez désirer, plus qu'il ne vous était permis d'espérer. Restons-en là.

— Auriez-vous peur, colonel ?...

A cette absurde supposition, Dufay leva les épaules ; mais en même temps ses yeux étincelèrent. Il contint l'expression de son mécontentement, et fit quelques pas pour s'éloigner.

Les amis de Raoul l'entouraient, cherchant à l'apaiser, lui affirmant qu'il ne pouvait conserver le moindre ressentiment, et que l'affaire, grâce à la facilité inaccoutumée de Dufay, était terminée à son avantage.

Mais ce jeune homme si poli avait un caractère indomptable. C'était sa première querelle, il croyait devoir la mener jusqu'au bout. Plus son adversaire était redoutable. plus il voulait faire preuve de fermeté.

S'élançant tout à coup sur Dufay qui se retirait, il l'entoura de ses deux bras en s'écriant :

— Vous êtes un lâche !... Vous fuyez ! vous êtes un lâche !

Le colonel essaya de se débarrasser de cette étreinte inattendue. Raoul avait des muscles de fer : il le maintint. Une lutte s'engagea.

Les curieux, si nombreux au Palais-Royal, formèrent un cercle autour des athlètes improvisés. Après avoir repu leurs yeux de ce spectacle inattendu, ils songèrent enfin à les séparer. Dufay, en sortant des mains du jeune hercule, avait la figure ensanglantée.

— Tu veux te battre ! s'écria-t-il, eh bien ! nous nous battrons... Malheur à toi !

Les amis de Raoul intervinrent, demandant au colonel Dufay quelles personnes il choisissait pour témoins, afin d'aller s'entendre avec elles, et de régler conjointement les préliminaires du duel devenu indispensable.

— Vous serez en même temps mes seconds et les siens, dit Dufay. Ces messieurs voudront bien s'adjoindre à vous, ajouta-t-il en désignant quelques-uns des curieux qui regardaient ; nous allons nous battre à la lueur du premier réverbère suspendu dans une rue écartée... Vous avez vu l'injure, vous assisterez à la vengeance... J'avais pitié de sa jeunesse, je voulais lui faire grâce... Il a cherché son sort : que sa mort retombe sur sa tête !

Le duel immédiat n'est point autorisé. D'après les règles admises, une nuit au moins doit s'écouler entre l'injure et la satisfaction. Cette coutume ne manque pas de sagesse ; les heures solitaires données à la réflexion calment le ressentiment, modèrent la colère, laissent apprécier au plus triste point de vue l'acte terrible qu'on est à la veille d'accomplir : la plupart des concessions consenties sur les terrains sont le résultat d'une nuit d'angoisses.

La veillée des armes des anciens chevaliers était une institution basée sur la connaissance profonde du cœur humain. Il fallait être doué d'une remarquable fermeté pour échapper à l'influence d'une nuit passée au milieu des emblèmes du trépas, de l'appareil des funérailles, en écoutant les chants mortuaires de l'église. Les chevaliers qui supportaient vaillamment cette épreuve avaient l'âme bien trempée et promettaient de fournir une rude carrière.

Les témoins d'un duel comptent sur la sagesse qu'inspirent les méditations nocturnes ; ils ne tolèrent pas le duel instantané, qui annullerait l'effet de leur tâche conciliatrice. Mais dans le cas relatif à Raoul et à Dufay, on pouvait sans scrupule déroger à l'usage ; l'injure était trop grave pour espérer aucun arrangement.

Quelle objection, d'ailleurs, pouvait être faite à Dufay lorsqu'il disait, en portant la main à sa joue encore toute brûlante :

— J'avais fait des concessions extrêmes, j'avais prononcé des excuses, je m'étais abaissé devant son âge et devant la susceptibilité de son jeune courage... Il a méconnu mes bonnes intentions, il m'a attaqué par derrière ; il avait soif de sang, et le sang a jailli·des meurtrissures qu'il m'a faites... Croyez-vous qu'il ait assez d'une vie pour payer son audace, et que je puisse conserver un reste de pitié ?...

Et puis, Raoul était aussi désireux d'en finir que le terrible colonel. Il éprouvait encore l'animation de la lutte corporelle qu'il venait de soutenir ; l'avantage obtenu lui inspirait un sentiment de confiance et d'orgueil ; il était prêt à avoir, à son tour, pitié de son ennemi.

A des gens ainsi disposés, il n'était pas besoin de longs préparatifs.

On prit des colichemardes chez un armurier de la galerie de Valois ; puis, silencieux et recueillis, ils se dirigèrent tous vers le dédale des rues désertes qui se trouvaient au milieu des constructions si longtemps éternisées du Louvre.

— Nous serons bien ici, dit Dufay en s'arrêtant sous un de ces gothiques réverbères à la lueur vacillante, que l'édilité parisienne n'avait pas encore remplacés par la lumière du gaz.

Ils se dévêtirent rapidement et s'attaquèrent aussitôt.

L'entière inexpérience de Raoul apparaissait rien que dans la manière dont il tenait son arme.

Dufay fit sauter son épée à dix pas.

Le jeune homme courut la ramasser et revint sur son adversaire : il fut une seconde fois désarmé.

Sans se lasser, il reprit le fer infidèle et se précipita sur Dufay. Le même résultat eut lieu : la main vigoureuse de Raoul ne savait pas retenir la garde qu'un fouetté habile arrachait de ses doigts contractés.

Dufay s'écria avec désespoir :

— Je ne puis le frapper ainsi, ce serait un assassinat... Et cependant il faut que je le tue !

Raoul, découragé, commençait à comprendre l'insuffisance de la vigueur corporelle.

L'usage du pistolet était impossible dans les rues de Paris. Dufay avait proposé le bout-portant comme moyen de concilier l'infériorité de Raoul et la nécessité d'un dénoûment sérieux. Des motifs de localité avaient seuls fait rejeter cet horrible mode de combat.

Cependant ils ne voulaient pas se quitter sains et saufs ; ils ne consentaient pas à remettre la partie ; ni l'un ni l'autre n'était disposé à se séparer avant d'avoir obtenu un résultat sanglant.

Dufay semblait au désespoir de ne pas trouver un moyen honorable de se venger de Raoul ; il aurait voulu lui donner une partie de son adresse incomparable, afin de le tuer ensuite en toute sûreté de conscience.

Il proposait mille biais différents; il inventait d'ingénieuses imaginations : comme de se battre du bras gauche, ou bien après avoir cassé les trois quarts de son épée, ou bien contre Raoul et tous les témoins à la fois; et comme on rejetait ces propositions inacceptables, il revenait à l'impitoyable bout-portant; car à Dufay frappé, il fallait une terrible vengeance, dût l'univers entier y être enveloppé.

Tout à coup le roulement d'une voiture se fit entendre ; le bruit était lent, régulier, monotone : c'était une voiture de place certainement.

Une idée parut jaillir du cerveau de Dufay :

— Courrez arrêter ce fiacre ! dit-il à l'un des témoins.

Et, s'adressant à un autre :

— Vous, allez au Palais-Royal, chez l'armurier de la galerie de Valois ; rapportez ces épées, demandez en échange deux poignards de force et de longueur égales... Si l'on fait quelques objections, dites que c'est pour le colonel Dufay. On me connaît... Avant tout, messieurs, donnez-moi vos mouchoirs, vos cravates, vos bretelles... Allons ! plus vivement, je vous prie.

— Que prétendez-vous faire ? demanda Raoul en voyant ces préparatifs.

— J'organise l'égalité entre nous, répondit Dufay d'un ton sinistre, tout en liant les uns au bout des autres les objets de toilette qu'il avait demandés, de manière à en former deux cordes longues et solides.

Quand cette singulière opération fut terminée, il s'adressa à Raoul :

— Tu es fort ? lui dit-il.

— Je vous l'ai prouvé, répondit fièrement le jeune homme.

Au souvenir de son outrage, l'écume vint aux lèvres de Dufay. Il répliqua cependant avec assez de mesure :

— Cette force, tu vas de nouveau pouvoir l'employer contre moi ; mais, cette fois, tu ne pourras me surprendre à l'improviste ; je me défendrai.. Il faudra m'attaquer en face... T'en sens-tu capable ?

— Dans nos montagnes des Pyrénées, j'ai été chercher l'ours au fond de sa tannière, et je l'ai vaincu, répondit Raoul en allongeant un bras nerveux, sur lequel chaque muscle faisait saillie comme une corde bien tendue.

— Les bêtes fauves n'ont ni ma persistance ni ma féro-cité.

— Je ne vous crains pas, répliqua Raoul avec un sou-rire de mépris.

— Alors, voici ce que nous allons faire : on nous liera l'un à l'autre, un bras libre seulement, armé d'un poignard ; on nous placera dans cette voiture que ton ami amène, afin que, faute d'espace, nous ne puissions nous tordre et nous dérober ; on refermera sur nous la portière, et, soit que nous nous enfoncions le fer dans la gorge, soit que nous brisions nos poitrines l'une contre l'autre, nous ne devrons rien qu'à notre vigueur et à notre fermeté.

— J'accepte, dit Raoul.

— Trouves-tu que tes ours t'aient présenté de tels dan-gers dans leurs tannières ?

— Parlez moins, et soyez aussi résolu que moi ; vos paroles feraient douter de votre courage.

Durant ces entrefaites, les prescriptions du colonel avaient été exécutées. Les poignards étaient prêts. Le fia-cre, dont on avait fait descendre de paisibles bourgeois regagnant leur demeure, était à la disposition des combat-tants. Le cocher, tout surpris, mais rassuré par un large pour-boire, avait cédé sa place à l'un des témoins qui de-vait le remplacer sur le siége.

Tout avait été entendu à l'avance. Au mot : « Allez ! » prononcé par un des amis de Raoul, le fiacre devait partir au grand trop, et le combat commençait à l'instant. La voiture faisait deux fois le tour de la place du Carrousel, toujours à la même allure, pour que le roulement des roues et le piétinement des chevaux étouffât le bruit de la lutte. A la fin du second tour, le combat cessait, quels que fussent le nombre et la gravité des blessures.

Ce singulier arrangement accordait un avantage certain à la force physique, c'est-à-dire à Raoul. Dufay se plai-sait à ce qu'il en fût ainsi, afin qu'on ne pût lui reprocher l'âge et l'ignorance en fait d'armes du jeune officier.

Il fallut ensuite attacher les deux ennemis ; on les lia l'un contre l'autre, jambe contre jambe, poitrine contre poitrine, le bras gauche engagé sous les bandelettes qui les fixaient comme des momies égyptiennes.

Pendant qu'ils étaient ainsi forcément rapprochés ils se regardaient avec des yeux étincelants, ils se dévoraient du regard ; ils auraient voulu que leur haleine, qui se mêlait, fût un poison subtil dont l'effet produisît instantanément ses ravages pour bien voir mourir l'ennemi pendant qu'on pouvait jouir de ses souffrances.

Tous leurs traits exprimaient la haine et la résolution du désespoir.

On les plaça dans le fiacre, car ils ne pouvaient mouvoir qu'un seul de leurs membres ; on leur mit à chacun un poignard à la main ; une voix tremblante d'émotion prononça le mot :

— Allez !

Aussitôt les chevaux partirent, et un double cri, un cri énorme, furieux, rappelant les joies ou les tortures de l'enfer, se fit entendre, glaçant chacun jusqu'au fond du cœur, et se perdit ensuite en un murmure mourant, en un râle inarticulé.

Le fiacre tourna deux fois autour de la place du Carrousel. Le témoin, chargé de guider les chevaux, les poussait de toute leur vitesse et obtenait de ces pauvres coursiers une rapidité inaccoutumée. Cependant ce trajet dura plus de cinq minutes.

Cinq minutes ! ce sont cinq siècles quand l'esprit veille, quand l'inquiétude le travaille, quand on attend dans les angoisses du désespoir l'issue d'une lutte brutale dans laquelle est engagée une vie chérie.

Les témoins avaient peine à modérer leur impatience ; ils auraient voulu percer l'obscurité, suivre chaque mouvement du char funèbre et deviner à ses oscillations les péripéties du drame qui s'y jouait.

Au second tour, quand la voiture passa devant eux, ils prêtèrent attentivement l'oreille, ils entendirent de sombres rugissements comme font les loups quand ils s'entre-dévorent.

Mais lorsque la voiture s'arrêta, après avoir accompli sa double rotation, ils écoutèrent en vain : tout bruit avait cessé, un silence funeste succédait aux éclats farouches ; les voix ne s'élevaient plus.....

Ils accoururent aux portières ; leurs mains tremblantes eurent peine à les ouvrir ; quand ils y parvinrent, ils reculèrent effrayés.....

Les coussins, la garniture, la paille du fond étaient imbibés de sang.

Dufay regardait le cadavre de Raoul percé d'une multitude de coups de poignard ; l'arme mortelle était plantée dans l'œil du jeune homme ; il avait fallu choisir cette place pour achever l'héroïque enfant qui, tout criblé de blessures, faisait sentir ses serres redoutables et ne cédait pas.

Oh ! il avait fait une vigoureuse résistance ; l'état dans lequel se trouvait le colonel le prouvait assez.

Le montagnard avait usé de sa force ; l'enfant de la nature s'était servi de tous ses moyens. Dufay avait reçu quatre fois dans la poitrine la lame de son ennemi ; puis Raoul, en le serrant dans son bras, lui avait rompu trois côtes ; enfin, se sentant mourir, il avait saisi Dufay avec les dents, il lui avait mordu la figure, il lui avait dévoré la lèvre inférieure... Il fallait être Dufay pour ne pas succomber.

Après que le mort et le mourant eurent été détachés et que, gisant tous deux sur le sol, ils offraient l'affreux spectacle de leurs mutilations, Dufay, soutenant sa lèvre dé-

tachée pour pouvoir articuler quelques mots, dit aux témoins :

— On pourrait vouloir me blâmer à cause de son âge ;
mais vous me rendrez cette justice, messieurs, de pro-
clamer que j'ai égalisé les chances et que je l'ai brave-
ment tué.

Ce fut la seule expression de remords que lui inspira
la mort de Raoul ; et quand depuis on parla à Dufay de
cette triste affaire, il exprima seulement le regret de ce
que le jeune officier n'eût pas atteint sa majorité le jour
où il l'avait tué...

La justice voulut se mêler de cette affaire ; le parquet
intervint, mais les poursuites n'eurent pas d'effet, et le
principe de la liberté du duel reçut une nouvelle sanction ;
l'impunité fut mieux que jamais constatée.

Dans nos sociétés modernes ; et surtout en France, le
duel fut toujours considéré comme un crime spécial. Il
conserva ce caractère jusqu'à la révolution de 1789 ; à
cette époque, la législation spéciale se trouva naturellement abolie, et le duel ne fut ni qualifié, ni puni par les
lois nouvelles de 1791, de brumaire an IV, de 1810.

A l'époque de la révolution, malgré la sévérité des
peines, peut-être à cause de cette sévérité, le duel trouvait dans le préjugé absurde qu'il a fait naître la force de
triompher de la loi et de rendre celle-ci impuissante. Cette
lutte entre la loi et un préjugé plaçait le législateur de
1791 dans la nécessité ou de proscrire nominativement le
duel et de le frapper d'une pénalité spéciale et expresse, ou
de laisser aux progrès de la civilisation et à l'action du
temps le soin de détruire ce préjugé et d'anéantir le duel.

La question demeura ainsi dans le vague ; les principes
juridiques d'après lesquels tant de meurtres convention-
nels auraient dû être punis, restèrent indéterminés. Pendant quarante ans les tribunaux déclarèrent leur incom-
pétence ; les motifs sur lesquels ils se basaient étaient

spécieux ; leurs considérants pleins de logique, et une loi spéciale semblait en définitive indispensable pour obtenir la répression.

Nos codes n'ont rien précisé relativement à la punition du duel. Le magistrat, obligé de sévir, doit forcer le texte et assimiler le duelliste à l'assassin vulgaire.

On ne peut méconnaître l'empire d'un préjugé sur une génération tout entière. Le principe du duel a de nombreux partisans ; ils arguent de ce que la loi doit s'abstenir de lutter contre un usage qu'elle ne peut vaincre, ou bien ils élèvent le duel au rang d'un usage nécessaire pour conserver les traditions de politesse et d'urbanité.

La différence des opinions expliquerait seule le silence de la loi ; mais il est difficile malgré tout de confondre le duel avec l'assassinat et les idées qu'éveille ce crime atroce.

Pour appliquer notre Code pénal au duel, il faut forcément admettre que le duelliste commet toujours un assassinat ou une tentative d'assassinat. Dès que des coups ont été échangés, qu'il y ait eu ou non homicide ou blessures, il y a meurtre ou tentative de meurtre ; il y a préméditation et dessein formé à l'avance, au moins sous condition.

Les témoins qui ont assisté avec connaissance l'auteur du crime, ceux qui sciemment ont fourni des armes, tombent aussi dans la catégorie des complices : tous sont assassins.

Les effets du duel sont déplorables ; parfois il devient, si les circonstances le révèlent, un véritable assassinat ; mais dans les cas ordinaires, la moralité de l'action, coupable au point de vue de la religion et de la philosophie, a cependant aux yeux de la justice et de la société un caractère bien différent.

L'assassinat et l'homicide résultant d'un duel sont séparés par des différences qu'on ne peut méconnaître. Il est impossible d'assimiler le scélérat qui, avide de sang ou de vengeance, attend sa victime inoffensive et la tue sans risque et sans pitié, à l'homme honorable qui, pour laver une injure, expose sa vie en échange de celle de son adversaire avec des armes et des chances égales, souvent sans avoir le désir de tuer, toujours dominé par la pensée unique de venger son honneur.

On peut excuser cet acte si différent de l'assassinat, sans prétendre que les adversaires aient eu la faculté de se concéder le droit de se donner réciproquement la mort, par une convention contraire à l'ordre public et sans admettre non plus qu'ils étaient dans un cas de légitime défense, puisque cette nécessité de défense ils l'ont volontairement créée.

Le duel étant un crime spécial, il devrait être régi par une loi particulière ; si le législateur eût voulu le faire entrer dans la catégorie générale, il l'aurait dit en termes exprès comme pour l'infanticide et l'empoisonnement, qui ont reçu une dénomination particulière dans le langage du droit.

Pendant quarante ans, les tribunaux avaient, pour la plupart, considéré en droit les homicides résultant de duels, comme des faits spéciaux non prévus par les lois ; pendant dix-huit ans la Cour suprême avait jugé d'après cette jurisprudence. Cette opinion fut encore consacrée par la présentation, à diverses législatures, de projets de lois contre le duel, pour combler la lacune si bien constatée dans nos lois pénales.

Les duellistes se trouvaient à l'abri d'une complète impunité ; ce n'est qu'en forçant les textes ou en s'armant des faits irréguliers ou déloyaux qu'on parvenait à les atteindre.

En 1837, le savant procureur général Dupin fit changer la législation. La Cour de cassation décida, sur ses réquisitoires, que l'homicide, les blessures et même les coups provenant d'un duel, devaient être punis par le Code pénal.

Les trois discours éloquents que M. Dupin prononça pour amener l'établissement de cette doctrine, devraient être cités en entier; ils forment le traité le plus complet, le plus ingénieux, le plus érudit qui puisse être fait sur le sujet qui nous occupe.

Il fit décider par la Cour suprême que le duel pouvait être assimilé à l'assassinat avec préméditation et guet-apens, et que les articles 209 et suivants du Code pénal[1] lui sont applicables.

Cette question résolue, la répression matérielle devint possible.

L'opinion que M. Dupin fit prévaloir n'était pas nouvelle; M. de Monseignat, rapporteur du Corps législatif, était bien du même avis, lorsqu'il s'écriait avec enthousiasme, au nom de la commission de législation :

« Ce sera une des gloires de l'empire d'avoir fait dispa-
» raître des mœurs cette rouille de la barbarie de nos
» ancêtres ! »

La commission de législation du Corps législatif avait été, par un sénatus-consulte du 19 août 1807, instituée en remplacement du Tribunat et investie des attributions de cette branche du pouvoir législatif. Elle concourait avec le Conseil d'état à la formation de la loi et à l'exposé du sens et des motifs de ses dispositions ; délibérant séparément, mais se réunissant en conférence, sous la présidence de l'archichancelier de l'empire, en cas de discordance d'opinions avec la section du Conseil d'État qui avait rédigé un projet de loi. La commission de législation faisait ses rapports en présence des orateurs du Conseil d'État, avant eux s'ils n'étaient pas du même avis, et après eux dans le cas contraire.

Ainsi les rapports de la commission de législation qui n'étaient pas contredits par les orateurs du Conseil d'État, complétaient l'exposé fait par eux et offraient une preuve certaine de l'esprit qui présidait à la rédaction et à l'adoption des lois.

Or, le rapport de la commission de législation, sur le chapitre 1er, titre 2, liv. 3 du Code pénal, dit en termes positifs que les dispositions de ce chapitre comprennent la mort donnée ou les blessures faites en duel comme en tout autre circonstance, et que les résultats de cette sorte de combats ne sont qu'une espèce d'un genre dont la loi donne les caractères; puis on voit l'exposé des motifs pour lesquels le législateur n'a pas cru devoir désigner particulièrement cet attentat aux personnes, les raisons pour lesquelles il l'a régi par les mêmes dispositions que tout autre attentat du même genre, et enfin il entre dans les détails nécessaires pour faire comprendre la manière dont ces dispositions devront être appliquées par le juge, suivant les distinctions et les exceptions qu'elles renferment.

Ce rapport, rédigé en termes formels, émanant de la source où l'on doit rechercher l'esprit de la législation et appuyés par des textes de lois aussi précis que les articles 295 et suivants du Code, donnait une grande force à l'opinion que M. Dupin fit prévaloir en 1837, et à la manière de juger adoptée à cette époque.

Avant la discussion de la commission de législation, M. Lanjuinais avait tenté de reconstruire une législation spéciale pour les duels: il présenta un projet de loi en sept articles qu'il voulut faire voter séparément. Ce projet fut renvoyé à la commission du Code pénal; après une conférence entre les comités, on renonça à faire une législation spéciale, on préféra établir un droit commun.

Le Code ne procède pas par catégories d'homicides: tout meurtre doit être puni. Les cas d'exception sont rares et se trouvent prévus et spécifiés de telle sorte qu'on ne peut prétendre que le Code admette d'autres distinctions que celles qu'il a faites lui-même ; il le défend, au contraire, en termes précis.

Aussi, lors de la rédaction des Codes, lorsqu'on disait à M. Treilhard :

— Mais vous n'avez pas parlé du duel ?

Il répondit :

— Nous n'avons pas voulu lui faire l'honneur de le nommer.

Ceux qui prétendent que le duel doit être régi par le droit commun s'appuient principalement sur ce que notre législation est combinée de telle manière que le jury et les juges peuvent graduer les déclarations et les peines depuis la peine de mort jusqu'à un acquittement complet, et qu'il peut y avoir, selon le cas, peine corporelle ou de simples dommages-intérêts.

La jurisprudence actuelle de la Cour de cassation fut établie par un premier arrêt du 22 juin 1837, et les chambres réunies se sont prononcées dans le même sens, pour la première fois, le 15 décembre de la même année. Nous devons reproduire une partie des arguments principaux du procureur général.

Dans les combats singuliers, il y a suivant la nature des armes ou uniquement agression successive, ou agression simultanée de la part des adversaires ; en conséquence on n'y peut voir le cas de défense légitime ; d'où il suit que l'homicide commis et les blessures faites en duel ne tombent sous aucune des exceptions apportées à la règle générale qui qualifie crime ou délit ces divers actes ; ils doivent être régi par ces règles.

On ne peut se constituer au-dessus des lois, devenir le juge de son droit et le vengeur de sa propre cause en alléguant une convention qui serait survenue entre les combattants, et par laquelle ils seraient censés abandonner la protection que la loi accorde à chaque citoyen et se faire remise des peines qu'elle applique. Nul dans les sociétés humaines n'a le droit de disposer de sa propre vie, ni de celle de son semblable. Nul n'a le droit de convenir qu'à tel jour, à telle heure, il sera permis de donner la mort ou de la recevoir.

L'homicide, les blessures et les coups ne constituent ni crime ni délit quand ils sont commandés par la nécessité actuelle de la légitime défense de soi-même ou d'autrui ; mais dans un combat singulier résultant d'un concert préalable entre deux individus, l'action punissable n'est pas commandée par la nécessité actuelle de la légitime défense, puisque, en ce cas, le danger a été entièrement volontaire, la défense sans nécessité, et que le danger pouvait être évité sans combat.

Si aucune disposition législative n'incrimine le duel proprement dit et les circonstances qui préparent et accompagnent cet homicide, aucune disposition de la loi ne range non plus ces circonstances au nombre de celles qui rendent excusable le meurtre, les coups et les blessures. C'est une maxime inviolable du droit public, que nul ne peut se faire justice à soi-même. La justice est la dette de la société, et toute justice émane du chef du gouvernement, au nom duquel cette dette est payée. Ce qui est nul ne saurait produire d'effet, et ne peut, à plus forte raison, paralyser l'action de la justice, suspendre l'action de la vindicte publique, et suppléer au silence de la loi pour excuser une action qualifiée crime par elle, et condamnée par la morale et le droit naturel.

Une convention par laquelle deux hommes prétendent, de leur autorité privée, transformer un crime qualifié en action indifférente ou licite, se remettre d'avance la peine portée par la loi contre ce crime, s'attribuer le droit de disposer mutuellement de leur vie, et usurper ainsi doublement les droits de la société, rentre évidemment dans la classes des conventions contraires aux bonnes mœurs et à l'ordre public.

Si, néanmoins, malgré le vice radical d'une telle convention, on pouvait l'assimiler à un fait d'excuse légale, elle ne saurait être appréciée qu'en cour d'assises, puisque les faits d'excuse, admis tels par la loi, ne peuvent être déclarés que par le jury.

Il suit de là que, chaque fois qu'un meurtre a été commis, que des blessures ont été faites ou des coups portés, il n'y a pas lieu, par les juges appelés à prononcer sur la prévention ou l'accusation, dans le cas où ce meurtre, ces blessures ou ces coups ont eu lieu dans un combat singulier, dont les conditions ont été convenues entre l'auteur du fait et sa victime, de s'arrêter à cette convention prétendue ; ils ne peuvent, sans excéder leur compétence et sans usurper le pouvoir des jurés, statuer sur les circonstances, puisque, lors même qu'elles pourraient constituer une circonstance atténuante, ce serait aux jurés qu'il appartiendrait de le déclarer.

Quant à l'excès de sévérité reproché à nos lois, sous prétexte que le duel ne doit pas être confondu avec le guet-apens ou l'assassinat, on peut répondre que, si cet inconvénient existait, le reproche tomberait sur le législateur qui n'a pas voulu faire au duel l'honneur de le nommer et d'en faire un délit à part ; mais ce ne serait pas un motif qui dût autoriser le juge à se dispenser d'appliquer la loi générale telle qu'elle est, même avec ses inconvénients, s'il est vrai qu'il y en ait dans son application.

Tels sont les arguments à l'aide desquels fut changée la manière de juger les duels. On ne saurait même nier les avantages obtenus par la répression, en face des documents fournis par la statistique.

M. Martin (du Nord), alors ministre de la justice, disait en 1845, du haut de la tribune :

« J'ai cherché a recueillir, autant qu'il est possible en » pareille matière, des documents positifs et précis pour » savoir quel avait été, sous l'empire de l'ancienne juris-

» prudence de la cour de cassation, le nombre des duels
» qui avaient entraîné la mort de l'un ou de l'autre des
» combattants : je ne parle pas ici des duels qui n'ont en-
» traîné que des blessures.

 » En 1827, ce nombre a été de 19 morts ; en 1828,
» de 29 ; en 1829, de 13 ; en 1830, de 20 ; en 1831,
» de 25 ; en 1832, de 28 ; en 1833, de 32 ; en 1834,
» de 23.

 » Je le répète, je ne parle que des duels qui ont été
» suivis de la mort de l'un des combattants.

 » Voici maintenant quelle a été la progression décrois-
» sante depuis la jurisprudence adoptée en 1837 par la
» Cour de cassation :

 » En 1839, 6 duels suivis de mort ; en 1840, 3 ; en
» 1841, 6 ; en 1842, 7 ; en 1843, 6. Je ne puis citer le
» chiffre de 1844, parce que les états ne me sont pas en-
» core arrivés.

 » Remarquez les conséquences de la nouvelle jurispru-
» dence : demandez-vous si le but n'a pas été atteint.
» Avant cette jurisprudence, plus de 20 morts par suite
» de duels dans une année ; après la jurisprudence bien
» établie, bien constante de la Cour de cassation, le résul-
» tat que je viens d'établir : le chiffre des duels suivis de
» mort n'a pas dépassé 7. »

 Voilà donc tout d'un coup les duels devenus justiciables
des tribunaux ordinaires ; ils tombent sous la loi commune ;
ils peuvent être l'objet d'une répression ; le magistrat ap-
préciera les circonstances ; le juré remplira la place jadis
occupée par un maréchal de France.

 Mais, comme ce sont les articles 309 et suivants qui ré-
gissent la pénalité, on appliquera le même châtiment au
coup de poing et au coup d'épée, au soufflet constituant
l'injure, et à la blessure plus noble qui aura été la conséquence de cette injure première. On déclarera homicide
un fort honnête homme avec lequel on sympathise de tout

son cœur, et on allouera des dommages-intérêts à un che-
napan qui se sera fait égratigner le bras afin de se créer
des ressources.

Nous ne disons pas que ces vilaines choses doivent arriver ; nous poussons les suppositions à l'extrême, afin d'é-
tablir que nous ne sommes pas encore parvenus au premier
degré de perfection.

Il y a évidemment dans la question une opposition
complète entre les mœurs et les institutions :

« Dans le cas d'homicide sous l'empire du Code pénal,
» disait M. de Vatimesnil à la Chambre des pairs, aucune
» alternative n'est laissée entre l'acquittement d'une part,
» ou la mort et les travaux forcés à perpétuité de l'autre ;
» peines évidemment excessives, et qui, par leur excès
» même, amènent nécessairement l'impunité. »

La loi punit, l'opinion publique absout ; et tous les
textes du monde ne pourront rendre flétrissante une con-
damnation prononcée à la suite d'un duel loyal.

C'est donc avec les mœurs qu'il faut s'accorder d'abord ;
les lois doivent s'enlacer avec elles pour les purifier et les
assainir. Si les duels deviennent odieux et déshonorants,
les honnêtes gens ne se battront plus.

Au lieu d'arriver avec la prison et l'amende quand le
combat est fini, il faut le prévenir.

Au lieu de punir l'action matérielle du duel accompli,
il faut s'en prendre au point d'honneur qui le motive.

Voyez d'ailleurs les conséquences auxquelles on est conduit fatalement : l'effusion du sang entraîne seule l'application de la pénalité ; la tentative non suivie d'effet échappe
à toute répression. Vous ne punissez pas le duel, mais le
mal qu'il produit ; vous êtes obligés de baisser la tête et de
laisser passer tranquillement une tentative de meurtre non
suivie de commencement d'exécution. Comme c'est moral !

Un des hommes les plus éminents de notre époque,
M. le duc de Broglie, a demandé qu'on incriminât le duel

en lui-même : « Au lieu de remonter des effets à la cause,
» il faut descendre logiquement des principes aux résul-
» tats. Emprunter au Code pénal ordinaire sa qualifica-
» tion de l'assassinat, ainsi que celle du meurtre et de
» blessures pour en faire la base d'un système , puis ce-
» pendant admettre dans l'application que ces faits, lors-
» qu'ils résultent du duel, doivent être jugés par d'autres
» juges, doivent être frappés d'autres peines que les faits
» de même nom définis par le Code pénal, c'est un moyen
» trop indirect et trop timide d'atteindre le but. On doit
» donc préférer hautement une loi qui, abordant de front
» la difficulté, se proposerait de définir le duel, de le qua-
» lifier, suivant les cas, de délit ou de crime, et de pré-
» ciser les circonstances qui doivent atténuer ou aggraver
» la peine. »

Les tribunaux ordinaires châtient et ne préviennent pas.
Quel est l'article de nos codes assez effrayant pour arrêter
deux hommes résolus à hasarder ce qu'ils ont de plus
cher : leur vie ?

Il y a une lacune dans nos institutions. Malgré nos per-
fectionnements philosophiques, nous ne sommes pas encore arrivés à ce degré de raison qui fait refuser le duel à
cause de son absurdité. En matière de duel, on s'aperçoit
tout d'abord qu'on a affaire à des consciences prévenues,
que leur pente naturelle entraîne à prendre parti contre la
loi qu'il s'agit de porter.

Les plus sages et les meilleurs esprits ressentent l'influence du préjugé ; ils y cèdent à l'occasion. L'empereur
Napoléon faillit se battre dans sa jeunesse, à propos d'un air
de cor de chasse vigoureusement soufflé par M. de Bussy ;
Voltaire, au désespoir de ne pouvoir obtenir satisfaction
par les armes d'un grand seigneur qui l'avait insulté,
s'exila volontairement en Angleterre ; le feu roi Charles X
eut à la cour de son malheureux frère Louis XVI une jolie
passe d'épée avec le duc de Bourbon, et il n'y a pas de

nos jours une illustration politique, littéraire ou scienti-
fique, qui ne se soit vu obligée de sacrifier au préjugé, et
qui n'ait tiré un coup de pistolet pour repousser les atta-
ques dont son discours, son livre ou sa doctrine avaient
été l'objet.

Comment la loi, cette expression unique de la raison,
serait-elle suffisante, lorsque le duel est multiple, et que
plusieurs de ses catégories ne sont jamais l'objet de poursuites judiciaires ?

Il y a le duel politique que l'on tolère volontiers, par
suite de ce précepte paternel : que ceux qui font les lois
ont le privilége de les violer.

Le duel militaire, qui a lieu avec l'autorisation du colonel, sous les auspices du maître d'armes du régiment.
C'est une petite affaire de famille dans laquelle l'autorité
civile est priée de ne pas se mêler. D'ailleurs, en cas de
désagrément, le colonel et le maître d'armes pourraient
être compromis comme complices : ce ne serait pas hiérar-
chique.

Enfin, il y a le duel commun : celui que vous ou moi
nous pourrions avoir si on déshonorait notre femme, si on
enlevait notre fille, si un insolent nous adressait une grossière insulte. Halte-là !... ce duel n'est pas permis ! En
définitive, les tribunaux ne sont pas faits pour... vaquer.
Si tous les justiciables se mettaient dans des cas d'exception,
à quoi servirait la magistrature ? Plaidez pour votre femme,
plaidez pour votre fille, plaidez pour votre honneur, et
poursuivez la réparation qui vous est due en constituant
avoué.

Un caporal pourra se battre avec un autre caporal qui
lui aura fait des observations malséantes sur la propreté
de son fourniment ; un député feindra de s'entre-tuer
avec un autre député, pour donner lieu à une petite réclame électorale ; mais un père de famille ne devra pas
égorger celui qui a perdu son enfant !...

Mais non !... tous se battront ; vos lois sont impuissantes ; vos peines ne sauraient les effrayer ; vos réparations ne sauraient les satisfaire ; le préjugé domine de toute sa hauteur une législation bâtarde et sans effet.

Encore une fois, c'est le point d'honneur qu'il faut atteindre.

Nous avons démontré que le point d'honneur a son origine dans le duel judiciaire ; aujourd'hui, tout est changé : c'est le duel qui dérive du point d'honneur ; la tête est en bas et les pieds en haut. Il est vrai que, dans les questions de duel, c'est presque toujours le monde renversé.

Le point d'honneur a ses lois, auxquelles tous les hommes du monde sont soumis ; il a, lui aussi, un code qui n'est pas divisé par livres, titres et articles, mais qui n'en est pas moins obligatoire : il faut, pour telles insultes convenues, se couper un petit peu la gorge, sous peine d'être mis au ban de la société.

Du reste, dans la plupart des cas, on n'est pas obligé de se tuer ; au contraire ! on s'effleure la peau, on s'envoie une balle de liége au-dessus de la tête, et l'honneur est déclaré satisfait !

Notre siècle, qui progresse en tout, a même apporté une amélioration notable aux duels dits SÉRIEUX. Un armurier, — la postérité lui élèvera des statues, — vient d'inventer des pistolets qui blessent un peu et ne tuent jamais. En plaçant les combattants à vingt-cinq pas, en ne mettant dans le canon que la charge de poudre préparée et calculée à l'avance, la balle arrive, fait trou, mais mollement, avec précaution, sans dépasser jamais l'épiderme, sans produire ces horribles fractures qui rendent terrible l'usage des armes à feu, sans pouvoir mettre en danger la vie du blessé.

De cette façon, le duel a eu un résultat dont nul ne saurait douter ; le public n'a pas le droit de rire à un combat simulé, et les champions ont les plaisirs de l'héroïsme sans avoir couru le risque d'être tués.

Nous tenons le nom et l'adresse de ce sublime armurier à la disposition de toutes les personnes qui se trouveront dans la nécessité de se battre.

Le plus grand danger du duel, ce sont les témoins. L'intervention obligée de ces auxiliaires officieux envenime souvent les questions et détermine un combat qui aurait pu être évité.

Le choix des témoins doit être fait avec prudence : il est rare de rencontrer des sujets qui réunissent les qualités propres à la bonne exécution de ce mandat.

On prend habituellement le premier venu, à moins qu'on n'aille chercher des fiers-à-bras bien connus. Ces deux méthodes usuelles sont également détestables : le premier venu manque d'habitude et le fier-à-bras en a trop.

Un témoin doit être à la fois expérimenté et prudent ; la mission qu'il accomplit demande de la modération et de la fermeté, du tact et de la bonhomie, de l'affection et de l'impartialité.

Prendre trop chaudement les intérêts de la partie qu'on représente dans une affaire de duel, c'est les compromettre ; exiger plus, accorder moins que la justice ou les convenances ne l'ordonnent empêche toute conciliation. Tel est l'inconvénient principal des fiers-à-bras : ils posent carrément la question, la maintiennent dans ses plus étroites limites, et font tuer leur meilleur ami.

Le premier venu, au contraire, sacrifie l'honneur de son champion à l'amour de la paix ; puis se félicite, en se frottant les mains, d'avoir parfaitement arrangé une affaire !... Le premier venu est grand partisan des déjeuners à la fourchette.

Souvent les témoins agissent de parti pris, comme les arbitres choisis dans les contestations commerciales ; ceux-ci ne sont autre chose que les avocats d'un client ; ils décident dans un intérêt unique, sans examiner ni le point de fait ni le point de droit ; mais le président du tribunal consulaire nomme un tiers-arbitre qui les départage et rétablit l'équité. Le duel n'offre pas un expédient aussi utile : le tiers-arbitre, c'est la mort.

Il arrive donc qu'une affaire où l'honneur et la vie sont en jeu est remise entre les mains d'hommes auxquels on ne confierait pas le maniement des plus petits intérêts matériels.

La magistrature qui s'exerce sur le terrain est la plus grave et la plus importante ; une question mal comprise, une décision mal rendue, peuvent éternellement charger la conscience. Malheur à qui ne se recueille pas avant de prononcer !

Jadis la position était différente : les seconds combattaient en même temps que le principal intéressé ; il se livrait une bataille générale à laquelle chacun prenait part. Le point d'honneur, — fléau que nous retrouvons toutes les fois qu'il est question du duel, — empêchait les seconds d'assoupir la querelle et d'en annuler l'effet ; leur rôle se bornait à porter le défi et à le soutenir les armes à la main. En conciliant pour autrui, ils auraient pu sembler redouter pour eux-mêmes les suites de la rencontre ; le point d'honneur les astreignait donc à être seulement des messagers fidèles et des épées accessoires.

La situation est bien différente aujourd'hui : les témoins ne sont pas des seconds ; ils assistent au combat et n'assistent plus les combattants : l'acception grammaticale du mot explique le changement complet qui s'est produit. Bien couvert d'un paletot, les mains dans ses poches, le chapeau sur la tête, la figure enveloppée d'un moelleux cache-nez, le témoin regarde tuer son ami. La poitrine nue, l'épée au poing, le second devait faire face à tous les assaillants quand ses tenants avaient succombé.

Donc, l'esprit de la situation n'est plus le même, et

6

l'homme le plus implacable, quand il se trouve partie directe, doit s'assouplir et se transformer dans le but de mener à bonne fin les intérêts qui lui sont confiés.

On objectera sans doute les duels où les témoins se sont
battus tandis que les parties principales arrivaient à se concilier. Ces exceptions viennent appuyer la rigide excellence
de nos principes : quand les témoins se battent entre eux,
ils sont nécessairement passionnés, brutaux et inexpérimentés. Un pareil bouleversement dans les positions com-
promet plus que tout au monde la réputation de ceux qui
sont intéressés dans la querelle principale ; il faut n'avoir
aucun souci de leur honneur pour oser se substituer à eux.
Jamais un témoin convenable ne commettra une pareille
infraction aux lois de la monomachie; il saura attendre
des années s'il a motif personnel, et il s'ingéniera à trouver un prétexte spécieux tout à fait étranger aux incidents
de la querelle primitive ; il tuera ou se fera tuer sans prononcer le nom de la personne à laquelle il a servi de témoin.

Le Code pénal renferme un article 59, qui dit que «les
complices d'un crime ou d'un délit seront punis de la même
peine que les auteurs mêmes de ce crime ou de ce délit. »
La Cour de cassation a généralisé méchamment cet article,
en décidant que ceux qui ont assité comme témoins l'auteur des blessures faites en duel, ainsi que ceux qui ont
porté les armes, sachant qu'elles devaient y servir, doivent être poursuivis comme complices. Un semblable arrêt fait entrer les témoins dans les cas prévus par les articles 295 et suivants du code, et les place sous le coup de
la décapitation, des travaux forcés, de la réclusion, des
amendes, des dommages-intérêts, et autres menus inconvénients que vous savez bien.

Ainsi, vous aurez voulu empêcher deux braves gens de
s'entre-tuer par susceptibilité ; mais un des témoins de la
partie opposée à la vôtre aura, par sa maladresse ou sa

brutalité, si bien embrouillé les choses, que le résultat demandé aura été obtenu, et l'on viendra vous assommer à coups d'articles 59 !... Merci !

Que votre ami le plus cher vous dise :

— J'ai un duel, tu seras mon témoin.

Il faudra lui répondre :

— N'allons pas si vite !... Je ne refuse pas absolument d'être ton témoin ; mais je n'accepte pas d'une manière positive. Je connais le motif de la querelle ; tu as quatre fois raison... Bien !... Ton adversaire est un homme honorable, il regrette ses torts et finira par les reconnaître... très-bien !... Mais quels sont les témoins qu'il a choisis de son côté ? Tu ne les connais pas... ni moi non plus... Eh bien ! mon bon, je ne te servirai pas en cette occasion sans savoir leurs noms, leurs antécédents et leur moralité. J'en suis bien fâché ; mais tu ne voudrais pas me compromettre. Ce peuvent être de mauvais drôles insoucieux de l'article 59, imbus des maximes du pugilat, sans aucun respect pour les arrêts de la Cour de cassation, et ne demandant que plaies et bosses... Je suis fort lié avec ton ennemi ; mieux que tout autre, je pourrais arranger votre affaire et expliquer le malentendu qui vous divise ; mais que veux-tu, mon cher ?... Article 59 ! Il faut bien prendre ses précautions !

Là-dessus, votre ami va chercher deux jeunes fous, qu'il oppose aux deux écervelés choisis par son adversaire. Tous quatre se lèvent sur leurs ergots comme des coqs de combat bien dressés ; les questions s'enveniment... et bientôt une famille tout en larmes assiste à un sanglant enterrement.

Et malgré les arrêts de la cour de Cassation, l'opinion publique, cette première et souveraine magistrature, ne flétrit ni le meurtrier ni les témoins qui ont amené la catastrophe.

Il faut déplorer l'impuissance de la loi ; mais là où un

prestige d'honneur lui est opposé, elle devient inerte. Il y a toujours eu des arrêts qu'on a bravés, des châtiments qui n'ont point flétri. Accordez les mœurs et les lois, faites que l'opinion sanctionne votre sentence, c'est alors que vous pourrez utilement réprimer.

Si tous les hommes sages et modérés se refusaient à être témoins, les bois avoisinants Paris deviendraient de vastes égorgeoires où le sang coulerait avec périodicité ; car les querelles sont plus fréquentes qu'on ne le suppose, même parmi ceux qui exercent des professions paisibles : ce sont les tiers désintéressés qui savent les apaiser.

Sur cent affaires, quatre-vingt-dix s'arrangent, et les dix dernières n'amènent tout au plus qu'une incapacité de travail plus ou moins prolongée.

La sagesse individuelle concilie les exigences de la raison et celles du préjugé : la sagesse individuelle a usurpé la place due à la loi.

En servant de témoin à quelqu'un, on donne une preuve d'estime, en même temps qu'on rend un service véritable. Le caractère des combattants, leur bravoure et leur raison doivent être également sûrs, ou bien on tombe dans d'inextricables embarras. Une partie des faits dissimulés, un emportement irréfléchi, une pusillanimité tardive, sont autant de circonstances qui placent le témoin dans la situation la plus fausse, et nécessitent souvent de sa part une intervention directe. On se trouve engagé par une responsabilité morale dont il faut accepter les conséquences, et la nécessité de couvrir un individu trop légèrement jugé peut mener plus loin qu'il n'avait été permis de le supposer. Il est donc indispensable de connaître aussi bien que soi-même l'homme auquel on sert de témoin ; cependant c'est le service qui est demandé avec le plus de légèreté et rendu avec le plus d'indifférence.

Aussi les duels ne sont pas traités avec la gravité qu'ils comportent. Quand on n'y laisse pas un lambeau de sa

chair, on y perd un morceau de son honneur. Si les règles étaient rigoureusement suivies, et que la passion fût
bannie du débat, on éviterait également ces résultats fâcheux.

Les témoins sont des juges librement choisis par les
parties pour décider les faits qui leur sont soumis. Le grief
principal constitue-t-il une injure ? cette injure peut-elle
être effacée moyennant une réparation convenue ? quelles
doivent être les justes limites de cette réparation ? ou faut-
il forcément en venir au combat ? Tels sont les prolégo-
mènes de toute provocation. Or, les témoins peuvent, à
l'aide de quelque terme moyen, satisfaire l'orgueil des parties et sauvegarder leur honneur.

Malheureusement, chacun croit devoir maintenir rigoureusement les prétentions de l'ami qu'il représente, et ne
s'inquiète pas de ce qu'elles peuvent avoir de déraisonnables. On discute de parti pris, sans se rendre aux raisons opposées, sans faire attention aux circonstances igno-
rées que le débat révèle, sans s'éloigner du but que l'on
s'était tracé et qu'on s'efforce d'atteindre. Dès lors, si quelques concessions sont faites, elles sont chétives, insuffi-
santes, et ne sauraient couvrir suffisamment les intéressés.
Ce n'est qu'un replâtrage mal fait qui laisse subsister des
fissures où s'engouffre le vent de l'opinion qui va souffler
sur quelque honneur et parvient à l'éteindre.

Les témoins réunis forment un tribunal ; ils sont juges
de l'ensemble d'une question, et non pas les avocats de
l'un des contestants ; ils doivent examiner les faits avec
sang-froid, les apprécier dans leur vérité, les concilier d'une
façon impartiale. Convenir des torts de son ami, c'est lui
rendre service, parce qu'on n'exigera pas sur les torts
avoués une réparation trop forte et souvent impossible :
c'est en voulant se raidir qu'on rompt les voies d'arrangement. Les témoins, quand ils font unanimement abstrac-
tion de l'individualité qu'ils représentent, quand ils se

6.

considèrent comme des arbitres appelés à décider en toute conscience, arrivent presque infailliblement à satisfaire les deux antagonistes sans qu'il soit besoin de sang versé.

Si, par aventure, il fallait en venir au combat, le même esprit de justice doit présider à ses conditions et à son accomplissement. Éviter le choix de l'arme à laquelle l'un des adversaires a une supériorité marquée, n'apporter sur le terrain que des armes également inconnues de tous, faire une égale part de soleil, de lumière et d'espace, sont les préliminaires indispensables de l'action.

En cherchant à favoriser l'un des combattants au détriment de l'autre, on s'expose à devenir la cause d'un désastre qui aurait pu être évité. Ainsi, en maintenant le sabre ou l'épée pour un amateur de première force, on condamne presque inévitablement son adversaire inexpérimenté ; la responsabilité du quasi-assassinat commis dans de pareilles conditions retombe sur les témoins qui ont sanctionné l'inégalité. Il vaut mieux faire tuer son ami d'une façon honorable, que de l'exposer à passer pour un vainqueur déloyal.

Quand le combat est engagé, les témoins doivent se tenir à portée, prêts à l'arrêter quand une blessure est reçue, prompts à détourner les coups qui porteraient à fond ou qui se présenteraient sous un mode inadmissible. Cette partie de leur mission est la plus délicate et la plus difficile, son accomplissement exige une haute expérience, une grande habitude et un certain courage personnel. Sans compter le risque qu'on peut courir en s'interposant devant la pointe d'une épée, il faut avoir une adresse suffisante pour se rendre maître à la fois de deux fers, afin que le temps d'arrêt produit ne devienne pas préjudiciable au combattant dont on suspend le coup, et qui pourrait être touché pendant qu'il se trouve découvert.

Le duel au pistolet est rendu plus ou moins dangereux, suivant les précautions prises. Des pistolets de tir, à dou-

ble détente, à canons cannelés et à balle forcée portent
toujours juste ; tandis que des pistolets d'arçon, où la balle
ballotte, dévient presque invariablement : le coup de doigt
qu'il faut donner détourne de la ligne. On parvient même
à annihiler l'adresse en exagérant la charge de poudre, en
bourrant avec trop de vigueur, en choisissant du salpêtre
à gros grains, pour que l'inflammation soit successive et
non spontanée.

On peut encore calculer les distances, ordonner le feu
de telle sorte qu'il soit impossible de viser ; enfin, il est
une quantité de précautions, enseignées par l'expérience,
qui permettent d'amoindrir le péril, de ménager la vie des
combattants, ou tout au moins de leur laisser courir les
chances d'une parfaite égalité.

Un usage fort utile, et qui devrait être constamment
suivi, est celui des procès-verbaux. Ces archives établissent les faits au moment où ils s'accomplissent, et sauve-
gardent à la fois l'honneur des combattants et la conduite
de leurs témoins ; il est loisible de recourir en toute occasion à la constatation officielle des motifs qui ont déterminé ou empêché le combat ; les querelles qu'une étin-
celle pourrait ranimer se trouvent éteintes en tous cas par
la production de pièces qu'on ne saurait prétendre être
inventées pour les besoins du moment. Des procès-verbaux de duel bien faits, bien rédigés savent tout prévoir,
tout réfuter, et deviennent ainsi de véritables traités de
paix.

Mais où trouver les témoins modèles qui satisfassent à
toutes les conditions exigées pour mener sûrement à bonne
fin la contestation qui leur est confiée ?

Est-ce dans le monde, où le duel se traite plus légèrement que le cours des effets publics ? Est-ce dans l'armée,
où on a coutume de ne lui donner qu'une solution sanglante ? Est-ce dans la politique, où il semble devenu la
conclusion inoffensive des incidents parlementaires ?

Où rencontrer des hommes instruits des devoirs qu'impose l'arbitrage de l'honneur, experts dans l'exercice de leur mandat, impartiaux dans les résolutions qu'ils arrêtent?

Ces hommes sont rares ; et nous voyons les duels s'achever d'une façon terrible ou ridicule. On se tue où l'on devient le but des quolibets. Pas de milieu possible : il faut se résoudre au meurtre ou au rire ; on devient coupable aux yeux de Dieu ou aux yeux de la société.

Et c'est une alternative que le plus sage ne peut éviter. On n'échappe ni à une querelle ni à une provocation. La politesse exquise, le soin extrême porté à toutes ses paroles, à toutes ses actions, n'empêchent pas de recevoir d'un manant mal disposé une de ces injures qu'on ne saurait laisser passer sous silence ; on devient forcément provocateur, parce qu'on s'est trouvé en contact avec un être mal appris, et l'on déplore secrètement la stupidité du motif pour lequel on se fera tuer, si les témoins choisis ne savent pas s'entendre mieux que ne le font la conscience et la vanité !

La constitution de la société ne permet pas d'écouter la voix de la raison. Il faut savoir soutenir une querelle futile, venger une offense légère comme un de ces outrages qui empoisonnent la vie et inspirent une haine féroce contre celui qui les a commis.

On appelle cela se faire respecter. Et c'est vraiment indispensable quand on ne veut pas s'exposer à de continuels désagréments.

Les poltrons, — il y en a, — s'attaquent à plus poltron qu'eux. Un individu au courage taré est exposé à bien plus de querelles qu'un autre : tous ceux qui s'imaginent le faire reculer s'en prennent à lui et vont se targuer ensuite de l'impertinence dont ils ont impunément fait preuve. L'homme assez faible pour ne pas casser la tête de ses concitoyens quand la circonstance l'exige doit fuir au Nouveau-

Monde et ne jamais reparaître dans les salons de l'Europe.

Ce magnifique garçon aux larges épaules, à la moustache hérissée, à l'œil fauve, qui a tué trois ou quatre fils de famille, qui en a écloppé cinq ou six autres, jouit de l'estime générale, de la considération universelle ; on l'admet dans les maisons où il ne serait pas reçu si on osait lui en fermer la porte ; on ne lui adresse pas la parole sans prendre des précautions oratoires ; on se garde bien de s'exposer à sa terrible juridiction ; et, par cela même, on semble la reconnaître et la sanctionner.

Puisque le duel est un fait immoral que la raison réprouve et que la loi réprime, la première chose à faire serait de mettre ce magnifique garçon au ban de la société comme tout autre assassin vulgaire en contravention avec les institutions du pays, auquel vous vous garderiez bien, sans aucun doute, d'ôter votre chapeau.

Vous méprisez l'un, vous honorez l'autre ! D'où vient cette différence ? Du sentiment d'appréciation produit par l'éducation, l'usage et les mœurs. Donc le Code pénal est impuissant contre le duel, et les arrêts de la Cour de cassation ne le détruiront pas.

Bien plus encore : le duel paraît aux yeux de bien des gens une expiation qui relève de beaucoup de fautes.

— Je vous ai vu avec un tel ; savez-vous que c'est un homme peu estimable ?

— Oui, mais il se bat !

Et il ne vous est pas donné de détruire l'excuse inconcevable qui vient de vous être opposée. La réponse est convaincante ; il faut s'en contenter.

Un tel se bat ! mais il n'a point de délicatesse ; il est compromis dans des affaires véreuses ; vous ne lui confieriez pas 100 francs.

Il se bat !

C'est une de ces consciences faciles qui estiment permises les actions qui ne sont pas défendues et qui s'inclinent seulement devant le commissaire et le juge d'instruction. Il a dupé ses actionnaires, il a volé ses créanciers, il a ruiné ses clients.

Il se bat !

Il a trompé une pauvre femme, il a séduit une pauvre fille, il a jeté le trouble dans les familles qui l'avaient accueilli.

Il se bat !

Ainsi, parce qu'un tel se bat, il cesse d'être un misérable digne de mépris et d'exécration. Vous vous montrez publiquement avec lui, vous prenez son bras à la promenade, vous mangez à la même table, vous vous asseyez dans la même loge, vous vous affichez sans vergogne avec un misérable, vous le couvrez de votre honorabilité, de votre bonne réputation, de vos vertus, parce qu'il a la fibre assez forte pour affronter sans pâlir la pointe d'une épée.

Oh ! s'il ne se battait pas, ce serait bien différent ! Vous n'avoueriez pas que vous le connaissez, vous ne recevriez pas son salut sans rougir, vous le fuieriez comme la peste, vous le traiteriez comme il le mérite.

Mais il se bat, le digne garçon ! il faut bien avoir quelque indulgence pour ses faiblesses. C'est un infâme coquin, nous en convenons, mais il est plein de cœur.

Il se bat ! Ce mot répond à tout, comme le fameux tarte à la crème de Molière, et surtout il est aussi fondé et aussi intelligent.

Notre assertion n'a rien d'exagéré. Cette stupide réponse est chaque jour faite et admise sans conteste.

On se plaît à traiter en homme d'honneur celui qui manque à tous les devoirs que l'honneur impose, comme au temps où l'honneur consistait surtout à dégainer galamment, ainsi qu'était tenu de le faire tout bon gentilhomme.

Et encore, autrefois, n'était-ce pas sans fondement qu'on

attachait au privilége des armes une considération méritée. L'état militaire était spécialement réservé à la caste privilégiée ; tout noble, qu'il fût ou non enrégimenté, était soldat par droit de naissance. On ne se retirait pas dans ses terres sans avoir fait quelques campagnes ; chaque génération s'efforçait de rehausser par de nouveaux faits de guerre la gloire de son écusson. Les militaires ou hommes d'épée étaient les seuls auxquels fût réservée la faculté du duel : c'est à leur intention qu'avait été institué le tribunal des maréchaux de France.

Ces générations militaires, ces gentilshommes portant l'épée, qui se battaient par privilége, appartenaient aux meilleures et aux plus riches familles du royaume. Ils avaient reçu une éducation distinguée ; on leur avait inculqué les principes de la morale en même temps que les préjugés particuliers à leur race. C'étaient donc véritablement des hommes d'honneur dans l'acception la meilleure et la plus pure du mot. Ils avaient une exquise délicatesse de sentiments; leur susceptibilité outrée provenait de la profonde conviction de ce qui était dû àleur nom et à leur mérite. Leur conduite était en toute occurrence conforme aux exigences de cette susceptibilité; ils se montraient grands, généreux, vraiment nobles.

Celui qui, en refusant de se battre, aurait menti aux enseignements de l'éducation première, aurait, par ce fait seul, donné lieu au soupçon d'oubli des préceptes dans lesquels il avait été nourri ; et il était tout naturel alors de se battre pour se montrer homme d'honneur.

Dès lors, gentilhomme, homme d'honneur, homme d'épée, étaient synonymes. La bravoure personnelle et le culte du point d'honneur impliquaient des qualités essentielles dont on se targuait avec raison. Un gentilhomme courageux, mais sans moralité et sans principes, était plus méprisé que celui auquel on avait à reprocher seulement sa mollesse à l'endroit des parties d'épée.

Le point d'honneur était en quelque sorte l'annexe d'un système complet d'éducation qui élevait l'âme, exaltait les sentiments généreux et donnait à la caste militaire une supériorité réelle sur les classes inférieures.

Ces faits bien établis, il est facile de comprendre comment la manie du duel s'est propagée de génération en génération.

L'esprit des nations a, même dans ses écarts de logique, une moralité inflexible. Les principes que conserve la tradition renferment, dans leur essence, une probité originaire incontestable, quelles que soient les conséquences baroques qu'on leur donne, quelles que soient les inductions erronées qu'on en tire. Le crime, sous quelque forme qu'il se présente, ne pourra jamais entrer dans les institutions d'une société bien organisée. Dieu a placé au fond du cœur humain un germe dans lequel son esprit céleste se développe pour combattre le mal et détruire les mauvaises passions; les vertus que son verbe commande sont instinctives et finissent toujours par dominer.

Tout préjugé qui résiste à l'action du temps et de la philosophie est basé sur quelque croyance élevée.

Et nous venons de voir par quelles filières imperceptibles les meilleurs esprits en sont encore à sacrifier au point d'honneur.

Le duel était jadis bien plus en vogue que de nos jours; cependant nous trouvons encore des exemples de la faveur publique s'attachant aux gladiateurs heureux. Voici une histoire presque contemporaine d'une ovation complète faite à l'occasion d'un quadruple succès de cette espèce.

En l'an 1801, la place Beauveau, au faubourg Saint-Honoré, n'était pas un beau carrefour régulier, pavé avec soin, aboutissant à la plus belle promenade de la capitale, bordé de magnifiques maisons et d'hôtels somptueux. Le faubourg Saint-Honoré était fort éloigné du centre de Paris, quand le centre se trouvait au Palais-

Royal. La rue Miromesnil et la rue des Saussaies, ouvertes depuis peu d'années, n'étaient pas encore entièrement construites; il y avait plus de jardins maraîchers et de terrains livrés à la culture que de bâtiments élevés par les spéculateurs dédaigneux de ces parages éloignés.

L'avenue Marigny, quoique garnie des arbres plantés par le directeur général des bâtiments et jardins de la couronne, qui lui a donné son nom, était déserte, solitaire comme l'allée d'une forêt. L'hôtel Beauveau étalait les proportions grandioses qui écrasent le palais de l'Élysée, son voisin, et, fier de dominer la place sur laquelle il s'élève, il ne se doutait pas que sa grandeur serait un jour éclipsée.

Certains monuments sont un exemple maçonné des changements qui se produisent dans les choses de ce monde.

Les appartements de l'Élysée ont été occupés par bien des hôtes divers; quelques générations ont passé dans ce charmant hôtel, offrant chacune la couleur vive et tranchée de son époque. A la retraite gracieuse qui prend son nom des Champs-Élysées auxquels elle aboutit, il fallait des maîtres illustres dominant la société française qui venait se presser sous ses lambris dorés.

L'Élysée fut construit en 1718 pour le comte d'Évreux: mais une grande dame, une favorite, une quasi-reine de France, madame de Pompadour, vit cet hôtel, s'enamoura de ses frais jardins, de sa position isolée, de sa grâce coquette, le désira, le voulut, l'acheta à tout prix et vint l'occuper. C'était bien la demeure qui convenait à la courtisane politique; pendant que la cour d'honneur était pleine de valets, de nègres, de heiduques, pendant que les courtisans grattaient discrètement à la porte comme ils s'étaient accoutumés à faire à l'œil-de-bœuf de Versailles, une des portes dérobées qui s'ouvrent sur l'avenue Marigny et sur l'avenue Gabrielle donnait mystérieuse-

7

ment passage à quelque envoyé de l'Autriche ou de l'Espagne ; le pavillon Boncholait (bon-chaud-lait), bâti tout au bout du jardin, abritait un rendez-vous donné à quelque ennemi du duc de Choiseul ; ou bien encore les salons du premier, interdits aux profanes, servaient d'asile à un cénacle de poètes et d'écrivains qui, sous la direction de la belle marquise, rédigeaient des libelles contre la personne et la puissance du premier ministre. Madame de Pompadour raffolait de l'Élysée ; elle l'habita jusqu'à sa mort ; c'est là que, suivant l'expression d'un bel esprit alors fort en vogue, d'Étiolles s'étiola.

Louis XV était un roi philosophe ; cette assertion peut sembler hasardée. Mais en réfléchissant un peu, on ne saurait refuser une dose immense de philosophie égoïste à celui qui a inventé ce mot, devenu le régulateur de tant de consciences : Après moi le déluge ! Il pouvait se dire aussi bien : Après ma maîtresse, moi ! Et il acheta l'Élysée, qu'il ne voulait pas voir passer dans des mains étrangères, parce qu'il avait contribué à son embellissement. On reprend son bien où on le retrouve ; c'était encore un des préceptes de sa philosophie ; il l'appliqua en acquérant à bon prix le palais de la marquise, et il se consola un peu du malheur de l'avoir perdue.

Mais le roi ne pouvait habiter Versailles et Paris, les Tuileries et l'Élysée ; il fallut utiliser cette dernière résidence qui fut affectée aux ambassadeurs extraordinaires lors de leur séjour dans la capitale. L'Élysée devint en même temps le théâtre des pompes diplomatiques, et l'antre où se tramaient les intrigues que la diplomatie combine pour arriver à ses fins.

En 1773 on eut besoin d'argent, accident commun aux États et aux particuliers, besoin aussi fréquent que le boire, le manger, le dormir, et les autres facultés naturelles qu'il est d'ailleurs difficile de satisfaire sans métal monnayé. Les caisses de l'État étaient vides, les ressources nulles, les nécessités pressantes. L'urgence fit recourir aux grands moyens ; on aliéna quelques domaines, quelques immeubles, au nombre desquels se trouvait l'Élysée.

Comme les traitants protestaient n'avoir plus un sou dans leurs caisses, et que d'une commune voix ils déclaraient les finances épuisées, ce fut naturellement un financier, M. de Beaujon, qui acheta l'Élysée à beaux deniers comptants.

On sait par cœur M. de Beaujon ; les mémoires du dix-huitième siècle disent son luxe infini, ses fêtes magnifiques, ses caprices extravagants. Pour lui, l'Élysée était trop petit, trop mesquin ; il l'embellit, il l'agrandit, il le rendit digne du nouveau propriétaire qui ne pouvait en bonne conscience se contenter de ce qui avait plu à des grandes dames, à de hauts seigneurs et à des rois. Pour avoir quelque chose de mieux et de plus complet, il jeta les millions aux architectes, aux jardiniers, aux peintres, aux artistes de toutes les professions. Au moment où l'installation devenait satisfaisante, 89 arriva.

Durant les mauvais jours de la révolution, ne nous occupons pas de l'Élysée, livré aux syndics et aux municipaux ; rentrons y seulement avec Joachim Murat, l'intrépide roi de Naples, complaisons-nous sous ses ombrages quand ils abritent les grandes rêveries de l'empereur Napoléon.

L'Empereur aimait l'Élysée, c'était sa retraite de prédilection ; il eût volontiers abandonné les Tuileries pour ce petit palais, dont les agencements commodes allaient à ses habitudes de travail, dont l'aspect général, singulièrement poétique, satisfaisait son imagination amoureuse de toutes les harmonies de la forme et de la pensée. C'est à l'Élysée que l'Empereur vint s'installer après nos désastres, c'est de l'Élysée qu'il partit pour Sainte-Hélène ! ! Et sa physionomie guerrière, dominant toutes les époques, est demeurée seule vivante dans le palais des comtes d'Évreux. Le pas de Roland, qu'on fait voir aux voyageurs, n'est point une vaine légende composée pour charmer les esprits; partout où passe un de ces hommes qui résument leur siècle, son pied s'incruste, son souvenir s'incarne, son image se reflète; il fait vivre les pierres et les objets inanimés, il réchauffe les cendres d'un passé éteint, il illumine l'espace où il a projeté ses rayons. C'est la sanction des louanges de l'histoire, c'est la gloire populaire dans son extrême naïveté.

Madame la duchesse de Berry a donné à l'Élysée-Bourbon des bals masqués d'un goût tout nouveau; le roi Louis-Philippe a installé à l'Élysée-Bourbon des chefs arabes venus de l'Algérie. Après la terrible émeute du mois de juin 1848, l'Élysée-National a servi d'ambulance et de caserne. Qui se souviendra de tous ces faits dans quelques années?

On se dira seulement : c'est du haut de cette terrasse que l'Empereur regardait défiler les bataillons de sa vieille garde, c'est ce palais encore chaud de son souvenir que S. A. I. le prince Louis-Napoléon a voulu habiter quand toutes les résidences royales de la France étaient à sa disposition.

Mais en 1801, date à laquelle nous ramène forcément notre histoire, toutes ces réflexions ne pouvaient être faites.

La place Beauveau était une sorte de plaine effondrée au milieu de laquelle les voitures et les piétons passaient avec difficulté. Quand les pluies avaient détrempé le sol et liquéfié la boue perfide qui comblait les ornières, la place Beauveau se trouvait semée de piéges auxquels on n'échappait qu'en déployant de l'agileté et de l'habitude. De prudents habitants du faubourg du Roule avaient fait dresser une carte sur laquelle se trouvaient indiqués les sentiers praticables.

Dans la mauvaise saison, ce cloaque offrait de nom-

breux obstacles au passant désireux de conserver sa chaussure immaculée ; aussi, à la fin du mois de novembre,
après deux journées de pluies torrentielles, un petit jeune
homme qui descendait le faubourg en se dirigeant vers
les boulevards, prenait des précautions infinies pour éviter les dangers qu'offrait ce détroit dangereux.

Ce jeune homme, ou plutôt cet enfant, était de très-
petite taille, mince et grêle comme tout adolescent dont
les proportions ne sont pas encore formées ; sa figure im-
berbe, blanche et souriante, l'eût volontiers fait prendre
pour une jeune fille courant les aventures sous un déguise-
ment. Il était vêtu en hussard ; ses tresses nattées, sa
pelisse, son dolman, le rendaient gentil à croquer.

Il allait sautillant d'une pierre à l'autre, prenant son
élan pour franchir un ruisseau, s'arrêtant tout à coup
pour chercher une place sèche où il sautait en bondissant.
Il accomplissait fort bien cette gymnastique et il déployait
une grande souplesse, quand son attention fut troublée
par de bruyants éclats de rire.

Quatre grenadiers de la garde consulaire le regardaient
en se tenant les côtes. C'était bien lui qui excitait leur
hilarité.

Quoique mécontent de voir rire à ses dépens, le petit
jeune homme continuait sa route lorsque les grenadiers
l'entreprirent directement.

— En voilà un qui a un ressort de montre dans les
jambes pour aller toujours...

— Monsieur... prends garde à ce trou ; il a six pouces
de profondeur, tu pourrais t'y noyer.

— Taisez-vous donc, vous autres, vous ne voyez pas
que c'est une femme ! vous ne savez pas parler au sexe...
Mam'zelle, nous allons à la barrière boire du vin très-
fameux ; voulez-vous venir dans notre compagnie pour
charmer notre société ?

— Eh non ! c'est un petit qui se sauve de chez son

papa pour faire l'école buissonnière... Veux-tu retourner bien vite à la maison, moutard !

L'enfant s'était arrêté moitié étonné, moitié furieux :

— Pourquoi vous en prenez-vous à moi ? demanda-t-il.

— Tiens, parce que tu nous amuses.

— Je ne vous dis rien, laissez-moi passer mon chemin.

— Non pas sans avoir causé.

— Eh bien ! que voulez-vous ?

— Voyons... dis, là, bien franchement : es-tu une demoiselle ?

— Camarades, vous voulez vous moquer de moi.

— Oh ! il nous appelle ses camarades... Parce que sa maman lui a mis un habit militaire pour le rendre plus mirliflor, le petit se croit soldat... Qu'est-ce que c'est que cet uniforme de fantaisie que tu portes là ?

— Ce n'est pas un uniforme de fantaisie, c'est celui de mon régiment.

— Ah çà ! est-ce que tu veux nous faire croire que tu es au service... nous n'avalons pas de bourdes comme ça... retourne à l'école, gamin.

— Je suis bien jeune, il est vrai ; je n'ai que treize ans ; malgré cela, je suis cavalier au premier régiment de hussards.

— Beau régiment, s'il est composé de criquets de ton échantillon.

— Beau régiment et bon régiment, dont le dernier homme vaut mieux que les grenadiers malhonnêtes.

— M'sieu qui se fâche.

— Vous me tourmentez.

— Tu te fâches contre tes anciens, et tu te dis vraiment troupier... ça ne peut pas se passer comme ça.

— Que voulez-vous encore ?

— Il faut nous fournir la preuve que tu es enrégimenté dans un corps de braves... tu vas t'aligner.

— Vous voulez me faire battre ?

— Oui, il est nécessaire de se rafraîchir d'un coup de sabre.

— Comme vous voudrez, d'autant plus que vous êtes là tous les quatre à m'insulter d'une façon qui ne me convient pas.

— Tu es susceptible ! cette vertu guerrière te relève dans mon esprit ; je t'en tiendrai quitte pour un coup de manchette, foi de maître d'armes !

— Ne faites pas tant le bourreau des crânes, je sais manier une latte.

— C'est ce que nous allons voir.

— Quand ?

— Tout de suite. La localité est bonne, dégainons et en avant.

Le bruit de cette altercation avait amené un certain nombre de spectateurs ; les passants s'étaient arrêtés, les boutiquiers étaient venus jusque sur le seuil de leurs magasins, les voisins s'étaient mis aux fenêtres, les badauds dont Paris fourmille accouraient de toutes parts et formaient un cercle qui allait en grossissant.

Le petit hussard et l'un des grenadiers ôtèrent leur habit et mirent le sabre à la main. Dès les premières bottes le grenadier s'aperçut qu'il n'avait pas affaire à un novice ; mais comme il était maître d'armes et qu'il avait annoncé un coup de manchette, il menaça obstinément le poignet de son adversaire, ce qui finit par lui valoir un coup de pointe dans la région du cœur, dont il mourut sur-le-champ.

Le petit hussard se reposa sur son arme comme un homme qui n'a pas fini.

Les grenadiers retournèrent le corps de leur camarade ; voyant qu'il était bien mort, l'un d'eux dit à son vainqueur :

—Tu as fait un beau coup ! tu viens de tuer la fleur

de l'armée française... mais tu t'es bien conduit, il n'y a rien à dire... va-t'en !

— Je ne cède pas la place aussi facilement que vous le pensez ; vous m'avez insulté tous les quatre, je vous passerai tous les quatre en revue : nous sommes comme cela dans la cavalerie,

— Tu en veux encore ?

— Oui.

— Eh bien ! attends, je vais venger notre pauvre Charet !

Et le grenadier se prépara en un tour de main. Un nouveau combat commença.

Cette fois, l'assaillant ne ménagea ni l'âge ni la faiblesse de son adversaire. Les coups pleuvaient drus comme grêle, terribles comme l'ouragan. Mais le petit hussard parait avec beaucoup de sang-froid, se ménageait en homme qui sait avoir besoin de réserver ses forces ; puis, trouvant un jour convenable, il décousit fort proprement le ventre du second grenadier, qui tomba sur la terre en cherchant à retenir ses entrailles qui s'épandaient autour de lui.

La foule fit entendre un murmure flatteur.

— Très-bien ! très-bien ! dit la voix encourageante de quelques amateurs charmés.

— A un autre ! cria le petit hussard de sa voix enfantine.

Le troisième grenadier s'avança. C'était un colosse. En allongeant le bras, il empêchait le petit hussard de l'approcher et le mettait hors de portée ; il abusait véritablement de sa taille Le pauvre enfant, qui combattait avec courage, faisait de vaines tentatives pour joindre le géant dont un geste le repoussait. Cependant il savait toujours échapper au tranchant du sabre, il évitait le fer qui frolait son corps, il épuisait le pesant grenadier en le forçant de tourner sur lui-même, en l'attaquant de tous les côtés à la fois, en l'obligeant à faire face aux quatre points cardinaux.

Et quand le grenadier, tout haletant, sentit son bras s'affaiblir, le petit hussard s'élança tout à coup et l'abattit d'un coup de revers.

— Et de trois !... Voyons le dernier !... s'écria-t-il en l'envoyant rejoindre ses camarades.

Les spectateurs ne purent retenir leurs bravos. On applaudit le jeune vainqueur comme un acteur qui vient de jouer une scène difficile et qui s'est acquitté de son rôle à la parfaite satisfaction du public. On le comblait de louanges, on exaltait ses qualités, on l'encourageait sincèrement.

Aussi le quatrième grenadier de la garde consulaire, le seul survivant, s'avança-t-il à regret comme s'il prévoyait le sort qui l'attendait. En effet, ses pressentiments ne le trompaient pas ; il eut à peine le temps de se mettre en garde, le petit hussard lui fendit la tête jusqu'aux épaules.

Alors ce fut des cris de joie et de triomphe, comme si la foule assemblée avait participé à la quadruple victoire si brillamment remportée, autrement que par ses vœux et par ses secrets encouragements. On entoura le petit hussard, on l'embrassa à tour de rôle, on l'étouffa de baisers et de caresses ; et comme ce n'était pas assez encore, on résolut, malgré sa résistance, de le promener dans toute la ville et de l'offrir à l'admiration des Parisiens.

La nuit se faisait, on alluma des torches, on hissa de force le jeune vainqueur sur un siége que ses admirateurs fanatiques portaient sur leurs épaules, et le cortége commença une marche triomphale qui se prolongea bien avant dans la soirée. Les boulevards, les principales rues, les quais furent parcourus tour-à-tour.

Quand on demandait le motif de cette ovation insolite, on obtenait pour réponse :

— Ce petit vient de tuer en duel quatre grenadiers de la garde consulaire.

7.

Et l'on comprenait qu'un pareil haut fait méritait bien tous les honneurs qui lui étaient rendus. Tuer quatre grenadiers ! mais c'était charmant, et le petit hussard était un bien adorable enfant ! Il promettait beaucoup.

Chaque passant se joignait au cortége et ajoutait sa louange aux louanges de tous ; les femmes jetaient des fleurs et des écharpes; les hommes, briguant une amitié aussi illustre, se confondaient en protestations et en offres de service. Toutes les têtes tournaient en y songeant : quatre grenadiers !

La modestie du petit hussard le faisait véritablement souffrir de ces hommages auxquels il eût voulu se dérober.

Mais ce n'était point fini encore, il dut subir bien d'autres pompes; son régiment lui donna une fête; les maîtres d'armes offrirent un banquet; on le convia à un bal, par souscription, arrangé en son honneur. Enfin il fut pendant plusieurs mois le héros, le lion de la mode; on le citait orgueilleusement, et les mères le désignaient à leurs fils comme un exemple qu'il fallait suivre, comme un modèle digne d'être imité.

Heureusement ces extravagances ne tournèrent pas la tête du jeune duelliste; il avait une bravoure trop réelle pour ne pas l'appliquer mieux que dans des querelles individuelles. C'est sur les champs de bataille qu'il continua de s'illustrer.

Le petit hussard n'est autre que le brave général Trobriant dont le nom est mêlé à toutes nos campagnes, à toutes nos conquêtes. Et le général a cependant conservé le feu qui l'animait en 1801 ; car après avoir été mis à la retraite, ne pouvant se condamner encore à l'inaction, il a renoncé à son grade, à ses dignités, à toutes les distinctions que lui a valu sa vaillance et dont il ne voulait pas jouir pacifiquement. Puis il est parti pour la Sicile, où l'on se battait, avec la ferme intention de recom-

mencer sa carrière et de donner de ces beaux coups de
sabre qu'il sait si bien appliquer.

L'ovation faite en 1801 au général Trobriant est exceptionnelle; le duel n'excite pas toujours autant d'admiration, mais il est généralement honoré. Les Français sont
braves, entreprenants, enclins aux résolutions sponta-
nées, imbus de certaines maximes qui tiennent à l'esprit
général de la nation; ils doivent donc louer toute action
résultant d'une impulsion courageuse, et refuser de venger leurs injures à l'aide de formes légales, dont la sagesse prudente pourrait être soupçonnée.

C'est un vice de nos codes de n'avoir pas harmonisé la
loi écrite et la loi traditionnelle résultant de l'éducation.

Il est des devoirs civiques qui pendant longtemps
encore ne seront pas compris en France. En Angleterre,
par exemple, chacun tient à honneur, en certaines circonstances, de manier le bâton de *constable*. Qui, chez
nous, voudrait se faire l'auxiliaire de la police?

Le duel nous a toujours paru beaucoup plus anormal
de l'autre côté de la Manche que dans notre pays. Les
Anglais ne craignent pas de recourir aux tribunaux dans
beaucoup de cas où nous reculons devant des débats publics; ils obtiennent des dommages-intérêts considérables;
la réparation est mesurée suivant la gravité du dommage,
et l'importance de la somme allouée constitue la pénalité;
les mœurs sanctionnent ce respect de la loi. Il est donc
logique chez eux d'en appeler à la justice ordinaire, tandis
que nous sommes contraints, dans les cas exceptionnels,
de nous faire nous-mêmes une justice spéciale,

Un homme reçoit un soufflet, il assigne le battant en
police correctionnelle; les faits sont prouvés. aucune circonstance n'atténue un pareil acte de brutalité. Le battant est condamné à cent francs d'amende : le battu est
déshonoré.

Cent francs! le taux est connu; c'est un prix fait. Pour

cent francs, tout misérable pourra flétrir un galant homme auquel sa position exceptionnelle ne permettra pas d'encourir les conséquences de l'article 295 ! Ce n'est pas cher.

M. Lanjuinais avait vingt fois raison de vouloir une loi spéciale contre le duel.

M. Treilhard, en ne voulant pas même nommer le duel, le perpétuait.

Il faut remarquer que certaines lois spéciales n'empêchent rien ; souvent elles manquent leur but par excès de rigueur ou pour vouloir déraciner tout à coup un usage qui ne peut être affaibli que peu à peu, à l'aide du temps. L'édit de 1643, malgré sa sévérité, n'arrêtait pas les duellistes. D'ailleurs la base sur laquelle s'appuyaient les édits, n'incriminait pas la monomachie en elle-même ; les combats singuliers étaient considérés comme crime de lèse-majesté, dérivant de l'usurpation du droit de guerre et de justice appartenant au roi seul.

Toujours nous nous retrouvons en face de préjugés. Dans ces malheureuses questions se rattachant aux duels, on dirait que la raison abdique et que les fumées de notre vieil orgueil aristocratique montent par bouffées aux meilleurs cerveaux.

Suivant les uns, le duel n'est point un crime prévu par les lois ; suivant les autres, on doit lui appliquer la pénalité ordinaire.

Pendant quarante ans le duel reste impuni ; depuis quinze ans on l'assimile à l'homicide.

Que doit-on croire, que doit-on faire, que doit-on résoudre, entre des arrêts précis et des règles sociales qui ne varient pas ?

Certes, M. le procureur général Dupin a rendu un immense service en faisant admettre une législation qui permet d'atteindre les duellistes et de les châtier quand ils ont versé le sang.

Mais la Cour de cassation est demeurée impuissante à

prévenir le duel, à empêcher l'action matérielle, à atteindre ceux qui ont décidé de se battre sans que cette résolution soit suivie d'effet.

Donc la jurisprudence est incomplète, en admettant même qu'il n'y ait aucune objection fondée à faire à l'assimilation entre l'homicide commis en duel et l'assassinat.

Le duel a eu de tout temps une législation particulière, parce que c'est en effet un crime à part. Non pas parce qu'il était familier aux prévilégiés et rare dans les autres castes, non pas parce qu'il blesse la prérogative royale, non pas parce qu'il trouble la paix publique, mais parce qu'il repose sur un ordre d'idées inhérent à notre morale nationale, et qu'il est des sentiments qu'il faut éviter de froisser, des travers qui se rattachent d'une façon indestructible à de précieuses vertus.

Le même honneur animait nos pères à Fontenoy et à Austerlitz ; le même honneur soutient nos frères au milieu des dangers et des fatigues de l'Algérie ; nous espérons le voir revivre dans nos enfants.

Cet honneur, qui détermine au sacrifice de la vie, qui porte à affronter le danger, qui rend amoureux de la gloire, s'irrite au moindre outrage, au moindre soupçon, à la plus légère souillure.

L'honneur nous pousse à combattre l'ennemi du pays ; le point d'honneur nous détermine au combat singulier avec notre ennemi. Celui-là est la vertu, celui-ci le travers. L'honneur est le bien, le point d'honneur l'exagération.

Ne venez donc pas rappeler les vieilles coutumes, les lois féodales, le régime d'exception. Les discussions d'origine, les constatations parcheminées n'ont rien à faire dans la question qui nous occupe ; quand il s'agit d'honneur, tout Français est gentilhomme.

Le bourgeois et le robin se battaient jadis tout autant que les officiers aux gardes ; les mousquetaires plébéiens croisaient le fer contre celui de leurs camarades de noble souche, et les édits royaux les atteignaient également.

On s'attachait, il est vrai, à sauvegarder les gentils-hommes; le sang noble paraissait plus précieux, on cherchait à le ménager. Ce fut le motif et le but de l'institution du tribunal des maréchaux de France. Cette création était raisonnable et conséquente dans ses attributions; son seul tort fut de n'être pas généralisée et de n'étendre sa juridiction que sur une catégorie de justiciables spéciaux.

L'institution du tribunal des maréchaux remonte à l'an 1602. Henri IV, en publiant l'édit qui porte cette date, allait jusqu'à prescrire aux procureurs généraux de faire le procès à l'extraordinaire à la mémoire des combattants tués en duel, et de poursuivre la confiscation des biens par eux laissés.

Cette sévérité était nécesssire, d'après ce que nous dit l'Estoile dans son journal :

« Le dimanche 13 mars 1607, se battoient en duel, à
» Paris, quatre gentilshommes, qui tous quatre furent
» blessés. Un mien ami me dit ce jour-là avoir entendu
» de M. de Loménie, que depuis l'avénement du roi à la
» couronne, on faisoit compte de quatre mille gentils-
» hommes tués en ces misérables duels en France, et
» que c'estoit chose qui avoit été asseurée à Sa Majesté
» pour véritable. »

Puis le même chroniqueur déplore la manie du duel et paraît indiquer que l'esprit public en demandait la répression.

« Le vendredi 9 mars 1607, voulurent se battre en duel
» le comte de Curson et le jeune Gamache, qui en furent
» empeschés; mais il en eut, ledit jour, un autre entre
» un gentilhomme nommé le baron Deslagues et l'escuier
» de M. d'Espernon, qui y demeura mort; et le baron,
» qui étoit un brave gentilhomme, fut grieufvement blessé
» et si fort qu'il en mourut le lendemain. Voilà comme

» ce monstre alloit dévorant, par le juste jugement de
» Dieu et connivence du prince, la noblesse françoise
» qui, en tenant compte de Dieu, mettoit le point de son
» honneur à le déshonorer. »

Henri IV fut sévère; l'Estoile nous en fournit encore
l'exemple :

« Le lundi 3 may 1610, deux des gardes du Roy, tous
» deux gentilshommes et de bonne maison, pour s'être
» battus en duel contre l'ordonnance de Sa Majesté, pas-
» sèrent par les armes et furent harquebuzés hors la porte
» Saint-Jacques : il y en avoit un jeune et un vieil. Le
» jeune, contre la coustume ordinaire des jeunes, et outre
» la portée de son âge, se monstra fort résolu et constant
» à la mort. Le vieil, au contraire, fort irrésolu et effrayé,
» passa ce pas. Le Roy fut fort importuné de leur donner
» grâce, mesmement de la Royne et de M. d'Espernon,
» qu'on disoit avoir offert vingt mil écus pour le rachapt
» de la vie de l'ung; mais tout en fin n'i servist de rien,
» car le Roy résolument voulut qu'ils mourussent. »

En même temps que le Béarnais tenait la main à ce que
la pénalité prescrite fût rigoureusement appliquée, mû
par un esprit paternel qui fit de lui le meilleur des rois,
il écrivit dans son édit :

« Mais afin que les gentilshommes qui prétendroient
» avoir été offensés, ne puissent se plaindre qu'ils de-
» meurent intéressez en l'honneur pour avoir obéi à l'édit,
» le Roi charge le connétable, les maréchaux de France
» et les gouverneurs de province de faire comparoître les
» parties devant eux, et d'ordonner par jugement souve-
» rain, sur la réparation de l'injure, ce qu'en leurs
» loyautez et consciences ils jugeront estre raisonnable.
» Il déclare prendre sur lui tout ce que, par un scrupule
» d'honneur mal entendu, on pourroit encore imputer à
» l'offensé qui n'appelleroit pas au combat, ou à l'appelé
» qui refuseroit de s'y rendre. »

Les duels continuaient à être fréquents, et l'édit de 1623 vint aggraver la répression dont ce délit était l'objet.

La main terrible du cardinal de Richelieu se faisait sentir ; on comprend l'esprit du ministre qui osait dire à Louis XIII, lorsqu'il se sentit pris d'indulgence pour les gentilshommes trop friands de la lame :

— Il s'agit de couper la gorge aux duels ou aux édits de Votre Majesté. »

En effet, l'édit de 1623, après avoir confirmé, pour la forme sans doute, les précédentes ordonnances, et pour ôter, est-il dit, tout prétexte ou difficulté, ordonne que : « Si aucun, de quelque qualité et condition qu'il » soit, est si téméraire d'appeler, recevoir billet ou parole, » conduire ou se porter sur le lieu du combat, ou qu'en- » suite d'une querelle précédente, ou de parole ou par » effet, il vienne après à rencontrer son ennemi ou l'at- » taquer ; que tant l'appelant que l'appelé ou l'agresseur » soient tenus criminels de lèse-majesté divine et hu- » maine et punis comme tels, qu'enfin tous ceux qui por- » teront les billets et conduiront au combat, laquais ou » autres, soient punis de mort sans aucune grâce ni « rémission. »

Le cardinal de Richelieu fut toujours, on le sait, impi- toyable pour les duellistes ; il se montra assez hostile au tribunal des maréchaux, car il n'admettait pas qu'on pût autoriser le duel. Cette opinion, il l'a, au surplus, déve- loppée en termes que nous devons reproduire :

« Tous les théologiens conviennent que le duel pour » cause singulière ne peut être permis selon la loi de » Dieu, mais je n'en ai vu aucun qui en exprime bien » clairement la vraie raison. Quelques-uns estiment qu'elle » tire son origine de ces mots de l'Écriture : C'est à moi » qu'appartient la vengeance, et j'entends l'exercer par » moi-même ! Mais ils montrent bien que les particuliers, » de leur autorité, ne peuvent chercher par cette voie la

» vengeance des injures qu'ils ont reçues ; mais non pas
» qu'un prince ne la puisse ordonner ainsi qu'il peut
» commander à un exécuteur de justice de mettre à mort
» celui qui aura violé la propre fille du même exécuteur,
» auquel cas ledit ministre de justice venge, non de soi-
» même, mais par autorité du prince, l'injure que le
» public a reçue en sa famille, et ce sans péché, pourvu
» qu'il rectifie son intention ; ce qui fait que si les duels
» n'étoient défendus qu'en vertu de ce principe, on les
» pourroit pratiquer par commandement du prince avec
» les mêmes circonstances qu'un exécuteur de justice
» doit garder en sa conscience. La vraie primitive et fon-
» damentale raison est que les rois ne sont pas maîtres
» absolus de la vie des hommes, et par conséquent ne
» peuvent les condamner à la mort sans crime; ce qui
» fait que la plupart des sujets des querelles n'étant pas
» dignes de mort, ils ne peuvent en ce cas permettre le
» duel qui expose à ce genre de peine. Qui plus est :
» quand même une offense seroit telle que l'offensant
» mériteroit la mort, le prince ne peut pour cela per-
» mettre le combat, puisque le sort des armes étant dou-
» teux, il expose par ce moyen l'innocent à la peine qui
» n'est méritée que par le coupable, ce qui est de toutes
» les injustices la plus grande qui puisse être faite.

» Les rois doivent la justice déterminément, et par
» conséquent ils sont obligés de punir les coupables sans
» péril et hasard pour l'innocent. Si Dieu s'était obligé
» de faire que le sort des armes tombât toujours sur le
» coupable, on pourroit pratiquer cette voie ; mais puis-
» qu'il n'en est pas ainsi, elle est plus que brutale pour
» la raison susdite. »

Dès le commencement du règne de Louis XIV, les
questions de duel se trouvèrent de nouveau agitées; une
nouvelle loi fut promulguée, et le tribunal des maréchaux
commença à recevoir une organisation régulière.

« Le Roi, porte l'édit de 1643, tiendra non-seulement
» pour impies et criminels, mais aussi pour lasches et
» sans courage ceux qui n'auront pas assez de générosité
» et de vertu pour surmonter le faux préjugé du point
» d'honneur; et réputera pour la plus grande injure qui
» puisse être faite à son autorité et même à sa personne,
» cet insolent mépris du pouvoir qui lui a été donné d'être
» juge souverain de l'honneur de ses sujets. »

Suivait une protestation royale faite avec serment de
considérer le refus du combat comme une preuve certaine
d'une valeur bien conduite et digne d'être employée aux
plus honorables et importantes charges de l'armée !

Quoi qu'il en soit, ce n'était là que de simples déclarations de principes, et il faut ordinairement aux hommes
un motif actuel de crainte pour les détourner des actes
auxquels la passion les entraîne.

Ce fut donc en quelque sorte pour mettre en action
ces principes que les maréchaux furent institués comme
juges de l'honneur.

Leur tribunal, bien qu'il ne semblât d'abord établi que
pour obtenir des conciliations et des réparations amiables,
se trouva peu à peu investi, par la force des choses autant
que par les édits des rois, d'une véritable juridiction cri-
minelle pour punir toutes sortes d'offenses et d'injures.
Il eut ses formes de procédure, ses moyens de contrainte,
et son pouvoir, qui se bornait, dans l'origine, à faire prononcer par l'agresseur une formule de satisfaction, s'étendit enfin jusqu'à appliquer, en certain cas, la prison, le
bannissement, l'infamie.

Le tribunal des maréchaux formait une juridiction
toute particulière qui n'avait rien de commun avec les
cours et les parlements. Ce tribunal exceptionnel aurait
craint de se trouver confondu avec la magistrature proprement dite, il prenait ses précautions pour qu'aucune
assimilation ne devînt jamais possible, comme, par

exemple, de donner à son chef le titre de doyen du tribunal des maréchaux, au lieu de celui de président du tribunal des maréchaux, pour se bien garder de la moindre similitude avec les présidents à mortier dont la ressemblance aurait fort chagriné des gentilshommes portant l'épée.

Le tribunal des maréchaux prévenait une multitude de rencontres; les contestations lui étaient soumises; il prenait même l'initiative, et mandait, par le ministère des gardes de la maréchaussée, les personnes qu'il savait être disposées à s'adresser un appel. Le tribunal appréciait les faits, conciliait les prétentions, objet du litige, obligeait à de justes concessions; il remplissait, en un mot, le rôle des témoins actuels et régissait souverainement le point d'honneur. Le tribunal des maréchaux régularisait le préjugé. Aujourd'hui il s'agit de mieux faire, il faut le détruire.

Entendons-nous bien d'abord sur la possibilité et la limite de cette prétention. Extirper le duel, en amener la suppression radicale, est un résultat qu'il est donné au temps seul d'accomplir, et qui ne saurait être produit tout d'un coup. Mais le législateur peut amoindrir le nombre des combats singuliers; pour cela, il n'a qu'à les tolérer, sous certaines conditions, dans les cas où le préjugé l'exige impérieusement. En même temps, il doit frapper d'une manière impitoyable sur le ridicule échafaudage du point d'honneur.

En effet, le point d'honneur motivant le duel est cent fois plus redoutable pour l'exemple, l'effet et les conséquences que le combat singulier en lui-même. Le combat est plus rare que la querelle; sur vingt provocations, combien sont suivies d'effets?

Et cependant, ce sont ces provocations qui perpétuent de funestes maximes, de déplorables enseignements.

Pour des offenses imaginaires, il a été inventé des excuses conventionnelles dont la demande et la forme sont agressives. Il advient que les caractères altiers refusent la satisfaction hostilement réclamée, et qu'on arrive à des pourparlers de combats suivis ou non d'exécution.

Ce sont ces provocations futiles qu'il faut empêcher et punir.

Les hommes sont essentiellement imitateurs ; ce qu'ils voient faire, ils l'accomplissent ; ce qu'ils entendent, ce qu'ils apprennent, ils l'exécutent. Le duel subit les phases de la mode qui le régit, — le duel une mode ! — Tantôt il se propage, il s'étend ; sa fréquence effraye ; puis il devient plus rare, sa fureur s'apaise, on ne le voit poindre que de loin en loin, comme les événements fâcheux, comme les fautes, comme les attentats, comme les crimes qui troublent le cours régulier de l'existence sociale. Pendant quelques années, on s'entr'égorge ; puis la paix arrive, jusqu'à ce que de nouvelles passions excitent les haines et réveillent la férocité. Le premier récit des duels, la lecture des annonces imprudentes insérées dans les journaux excitent le démon du point d'honneur ; on se rappelle les vieilles maximes, on caresse le vieux préjugé : Gaulois et Francs héritent des fureurs de leurs pères, et montrent qu'ils n'ont point dégénéré.

Cette férocité périodique est entretenue par le petit courant des rencontres privées dont le peuple le plus spirituel du monde n'admet pas qu'on puisse contester l'utilité fondamentale. Il y a en tout temps de bonnes têtes qui se battent pour une mouche qui vole, pour une femme qui pêche : c'est ce qui s'appelle conserver le dépôt sacré de l'honneur français.

La monomachie a de fervents sectateurs ; ils trouvent ses droits imprescriptibles, et ne comprennent pas que les progrès d'un siècle soient généraux et ne puissent subir d'exception.

Évidemment, dans un pays industriel et agricole, tous

les hommes qui ont des affaires ne sont ni témérairement braves ni également disposés au sacrifice de leur vie. S'ils étaient sûrs d'être tués ou amputés de quelque membre, ils y regarderaient à deux fois avant de proposer ou d'accepter une rencontre. Les préliminaires, l'envoi des témoins, et souvent même la prise d'armes, sont des démonstrations simulées ; on serait désespéré, de part et d'autre, d'occasionner des conséquences funèbres. L'attitude belliqueuse, prise en parfaite connaissance de cause, n'est qu'un sacrifice fait au préjugé, un acquiescement donné aux exigences du point d'honneur, une preuve de déférence accordée au monde dont on tient à conserver l'estime.

Puis les journaux impriment :

« Une rencontre a eu lieu entre M*** et M*** ; les deux
» adversaires se sont conduits avec une grande bravoure ;
» mais les témoins se sont interposés, et ils ont déclaré
» l'honneur satisfait. »

Ou bien encore :

« Ce matin, M*** et M*** se sont battus en duel. Après
» l'échange de deux coups de feu, — le journal n'ose dire
» deux balles, la pudeur l'arrête ! — les témoins ont obligé
» les deux honorables adversaires à se donner la main. »

Et mille autres variations plus ou moins enjolivées sur ce thème enchanteur !!!

M*** et M*** sont des braves, des raffinés, qu'on n'insulte pas impunément. Ils se battent volontiers... quand ils sont sûrs de leur adversaire et qu'ils connaissent bien leurs témoins.

Ces plaisanteries de mauvais goût n'offrent aux prétendus combattants d'autre danger que celui du ridicule ; mais il n'en est pas de même pour les conséquences qu'elles entraînent ; elles influent sur l'opinion et compromettent l'existence de ceux qui s'avisent de les prendre au sérieux.

La forfanterie retentit, résonne comme une trompette

guerrière, et va animer de plus consciencieux spadassins. L'exemple du duel amène le duel ; l'impulsion une fois donnée, les moutons de Panurge se lancent à tour de rôle dans une mer de sang.

Il a été généralement remarqué que, depuis les duels parlementaires, le nombre des rencontres privées a subi un notable accroissement.

Le monde se compose, dit-on, d'exploitants et d'exploités. Si cette assertion fâcheuse peut être admise dans une acception générale, elle doit être rigoureusement reconnue en matière de duel. Le terrain a ses habiles et ses dupes : ceux-ci acquièrent sans courir de risque une réputation qui les fait respecter ; ceux-là se laissent bêtement tuer, ou se chargent la conscience d'un meurtre qui excite d'éter--nels remords ; les uns feignent de se battre un peu pour ne s'exposer jamais ; les autres se comportent héroïquement sans sortir de leur obscurité... Et l'opinion du public se formule avec sa justesse ordinaire ; on considère comme très-féroce un monsieur qui s'attache par-dessus tout à conserver ses jours précieux ; on tient en médiocre estime un vigoureux garçon toujours prêt à payer de sa personne.

On voit ailleurs qu'aux spectacles forains des jongleurs habiles qui escamotent les balles et avalent des lames aiguës sans éprouver la moindre douleur.

Les combats simulés, et surtout la publicité qui leur est donnée, déterminent des combats très-sérieux où les hommes de cœur laissent leur vie ; et, puisque chaque fois qu'on réveille le point d'honneur, on excite le démon de la monomachie, les feintes rencontres sont à la fois une lâche et une mauvaise action.

La complicité résultant de la publicité imprudente donnée aux combats devrait être réprimée. Les nouvelles diverses, si pathétiques dans leurs récits, allument les jeunes imaginations et persuadent qu'on acquiert des droits à la considération générale en faisant imprimer qu'on a eu l'intention de brûler la cervelle à quelqu'un.

Évidemment les feuilles quotidiennes accueillent trop légèrement les faits de cette nature ; elles ne devraient ouvrir leurs colonnes aux récits et aux déclarations des témoins qu'en cas d'absolue nécessité. Toutes les lèpres se voilent ; le duel doit être caché. D'ailleurs, le journalisme est, dit-on, un sarcerdoce, et le prêtre ne se sert pas de son ministère pour propager les exemples d'une dangereuse doctrine dont le retentissement amène fatalement l'imitation.

Certaines coutumes s'établissent impérieusement ; on ne les discute pas ; on se garde bien de les examiner ; on les admet. Au premier rang, il faut mettre celles qui ressortent du point d'honneur. Des aventures comiques résultent parfois du désaccord existant entre les exigences du point d'honneur et le caractère, les habitudes, les précédents de ceux qui les subissent. Nous avons eu le plaisir de nous trouver mêlé, en qualité de témoin, à une affaire dont les détails méritent d'être narrés, et que nous nous estimons heureux d'offrir aux méditations de la postérité.

Grosbichon était libraire ; il a eu le bon esprit de vendre son fond et de se retirer des affaires quelques mois avant la révolution de février ; aussi il ne laisse pas que d'avoir une fortune satisfaisante, et il énonce assez orgueilleusement le chiffre de ses contributions.

Non-seulement Grosbichon était libraire, mais plus encore il éditait des livres. Les connaissances littéraires qu'il dut acquérir pour exercer fructueusement cette partie importante de sa profession éclairèrent son esprit et élevèrent ses sentiments. Grosbichon n'est pas un marchand vulgaire, comme son langage familier et ses habitudes triviales pourraient le faire croire. Non, évidemment ! Un cœur de gentilhomme bat sous sa redingote olive ; il a adopté les maximes émises dans les in-8°, sur la première feuille desquels son nom et son adresse se trouvent imprimés ; il boit un flacon d'aï, porte la barbe en pointe, jure comme les rois de France, et méprise les bourgeois.

Grosbichon était mon éditeur. — J'ai bien pleuré le jour où il a abandonné la librairie ! — Jadis, au temps heureux où il achetait les manuscrits, nous faisions ensemble de petits arrangements qui nous charmaient à un égal degré. Il m'avançait de l'argent sur les ouvrages que je composais, et il prétextait de ce service pour ne payer chaque volume que le tiers environ de sa valeur habituelle. Je me fâchais alors contre Grosbichon ; mais la naïveté séduisante de son esprit savait bien vite m'apaiser.

— L'argent est une marchandise, me disait-il ; je vous le vends un peu cher, mais c'est mon prix.

La justice céleste me vengeait invariablement de Grosbichon ; mes ouvrages n'avaient pas de succès. Alors c'était à son tour d'entrer en fureur ; il me montrait, le poing crispé, une édition entière attendant l'acheteur ; il supputait le prix de la composition, du papier et du brochage ; il refusait de faire des annonces, et il protestait que je n'avais pas le style marchand. C'était à moi de le calmer. Je m'ingéniais à trouver des raisonnements analogues à ceux qu'il me prodiguait pour ne pas me payer, et nous finissions toujours par nous entendre aussi bien que peuvent le faire un homme de lettres et son éditeur.

Bien plus, je suis celui de tous les écrivains pour lequel Grosbichon professe l'amitié la plus vive ; il a pour moi un faible qu'il ne peut dissimuler. Je l'attribue aux pertes successives que je lui ai occasionnées ; il m'aime à la façon du père de famille qui préfère l'enfant qui a failli le ruiner.

D'autres nuages se sont élevés entre nous. Grosbichon, léger comme tous les hommes d'imagination, a commis des inconséquences qui m'ont froissé. A plusieurs reprises, en m'adressant de ces petits paquets qu'une connaissance intime explique, — un foulard oublié, un livre imprimé

en Belgique, une pièce de gibier, une douzaine de péti-
tions à faire apostiller, — Grosbichon enveloppait son envoi dans des morceaux de papier dont je reconnaissais la
prose : c'étaient des feuilles de mes romans ! En arrachant
un lambeau de ma chair, il ne m'aurait pas causé une douleur plus vive.

Justement blessé d'un manque d'attention qui avait des
conséquences aussi humiliantes, je voulais rompre toutes
relations. Mais Grosbichon s'excusait en me donnant de
bonnes raisons auxquelles je devais me rendre. Il n'avait
pas l'intention de m'insulter, — c'était une erreur, — et
puis je lui avais fourni tant de *rossignols* ! Il était bien
obligé de se servir de mes œuvres complètes en leur donnant un usage domestique et en les employant aux besoins
de son ménage !

La vérité de ses paroles me désarmait ; je lui tendais la
main ; tout était oublié.

Depuis qu'il n'est plus mon éditeur, Grosbichon m'aime
plus que jamais.

Il y a quelques mois, Grosbichon entra chez moi l'air
grave, le nez soucieux, le front majestueusement plissé :

— Mon ami, me dit-il, je viens vous demander un service.

— Tout à votre disposition, mon très-cher ; à quoi puis-
je vous être bon ?

— C'est important, c'est grave !... très-grave !... J'ai
une affaire ; je viens vous demander d'être témoin.

— Vous, une affaire, Grosbichon ! m'écriai-je tout ému ;
mais vous n'y pensez pas !

— J'ai été insulté ; je ne veux pas rester sous le coup
d'une injure ; il me faut une satisfaction !

— Calmez-vous !... prenez place sur ce fauteuil ;...
buvez un peu d'eau sucrée... Là... Expliquez-moi maintenant ce dont il s'agit ; peut-être trouverons-nous un

8

moyen d'arranger paisiblement cette affaire et de nous en tirer par un biais honorable.

— Je ne veux pas d'arrangement ! vociféra Grosbichon ; c'est une satisfaction qu'il me faut.

— Eh bien ! nous verrons s'il faut absolument en venir aux extrémités !... Commencez par me raconter votre querelle.

— Vous connaissez Chipouzot ?

— Oui ; un imprimeur chez lequel vous faisiez travailler.

— Précisément. Chipouzot et moi étions en compte au moment de ma retraite des affaires ; nous avons convenablement réglé, sauf une somme de 12 fr. 60 cent. qu'il réclame, que je conteste, et sur laquelle nous n'avons jamais pu nous entendre. Souvent Chipouzot m'a demandé ses 12 fr. 60 cent., toujours je les lui ai refusés. Nous avons eu à cette occasion des discussions vives ; nous nous sommes écrit des lettres humiliantes. Enfin, il vient de dépasser les bornes : il prétend que je n'ai ni conscience ni bonne foi !... Voyez, c'est en toutes lettres... au bas de la troisième page.

— Certainement, ce sont des épithètes un peu vives ; mais vous-même n'auriez-vous pas cédé à l'emportement ? n'auriez-vous pas à vous reprocher quelques expressions blessantes ?

— C'est possible ; je puis l'avoir insulté, je dois l'avoir injurié, mais je ne veux rien supporter d'un drôle de cette espèce. Vous irez le trouver de ma part, et vous le provoquerez.

— Remarquez, Grosbichon, que le motif premier est insignifiant : il s'agit de 12 fr. 60 cent...

— Je ne les payerai pas.

— Par entêtement ; car vous êtes grand, généreux, prodigue même ; vous ne tenez pas à l'argent.

— Si, quand on exige que je le donne.

— Vous voyez bien que ce n'est point pour les 12 fr. en eux-mêmes, mais parce que vous êtes piqué.

— C'est possible.

— L'irritation est toujours blâmable, surtout lorsque, comme vous, Grosbichon, on est père de famille... Vous avez une femme, des enfants...

— Je les oublie.

— Pour un motif aussi futile?... Ah! Grosbichon, qu'avez-vous fait de votre cœur?...

Je le prenais par le pathétique, parce que je connaissais la puissance de cet artifice de rhétorique sur son organisation. Grosbichon a la fibre sentimentale. Quand je voulais lui couler un volume, je lui lisais les pages les plus larmoyantes, et je l'entraînais. J'employais encore le grand moyen, il ne me fit pas défaut; Grosbichon s'adoucit, ses nerfs se détendirent, il me répondit avec moins d'emportement :

— Un homme d'honneur doit sacrifier les considérations de famille aux exigences d'une juste susceptibilité; je ne puis reculer dans cette circonstance, et je vous demande encore si vous voulez m'assister?

— Certainement! Je vous l'ai dit, c'est convenu; j'irai aussi loin qu'il le faudra... Mais expliquez-moi, je vous prie, comment vous vous montrez si pointilleux à l'égard de Chipouzot. Je vous ai vu autrefois vous disputer de la bonne sorte sans qu'il en fût autrement question, et vous vous disiez, à propos de corrections et de surcharges, plus de gros mots qu'il n'y a de lettres dans la phrase dont vous vous tenez offensé : vous ne pensiez pas à vous battre.

— J'étais dans le commerce; je subissais les désagréments de cette profession vulgaire. Aujourd'hui, je puis reprendre ma nature et montrer, vive Dieu! qu'il ne fait pas bon de se frotter à moi.

— Vous étiez liés ensemble.

— Raison de plus pour qu'il n'oubliât pas les convenances.

— Vous vous voyiez presque chaque jour ; vous aviez les mêmes relations.

— Nous les avons conservés... Voulez-vous qu'il aille dire chez les Cromempré, chez les Flibertin, chez les Boudonclic, qu'il m'a fait mettre les pouces !... Je l'égorgerais plutôt de mes propres mains, ventre saint gris !

— Ah ! ah ! fis-je ; je comprends que vous teniez à l'estime des Boudonclic ; mais vous pourriez la conserver sans verser le sang.

— Vous êtes dans l'erreur, mon ami ; je connais les intentions de Chipouzot ; il veut me pousser à bout ; il y réussit ; il me faut une satisfaction éclatante... ou le combat.

— Vous le voulez absolument ?

— Oui ; le point d'honneur l'exige.

— Vous avez bien réfléchi ?

— Pâques Dieu ! qu'a-t-on besoin de réfléchir pour ces sortes de choses ?

— Eh bien ! nous ferons ce que vous voulez.

— Bien !

— Je me rends chez Chipouzot ; je réclame une rétractation explicite. Il refuse, en prétendant que les termes dont vous vous plaignez ne sont pas suffisants. Je le provoque ; il m'indique ses témoins ; je m'entends avec eux ; nous convenons des armes, du lieu, et demain, sans plus de retard, vous vous battez.

— Diable ! comme vous y allez, vous !

— Dame ! quand une médecine est désagréable, il vaut mieux l'avaler vite.

— Mon ami, je vous ai connu plus intelligent ; vous ne m'avez pas parfaitement compris.

— Il me semble que si !

— Certes, je suis irrité contre Chipouzot ; et, s'il ne me

satisfait pas, je me porterai aux dernières extrémités...
Mais, qu'est-ce que je veux, avant tout ?

— Vous voulez vous battre.

— Mais non !... Je veux, j'exige des excuses qui me
mettent sur un bon pied vis-à-vis des Cromempré, des Flibertin et des Boudonctic... Ah ! s'il les refusait, ce serait
différent... Nous verrions.

— Il serait utile de voir avant de commencer.

Grosbichon comprit la signification de ma réponse ; il hésita. La vanité et la prudence suspendaient son jugement ;
il hésitait entre la crainte de s'exposer imprudemment, et
la honte de reculer à la vue des Boudonctic ; il désirait ne
pas courir des hasards inutiles, et ne voulait rien perdre
dans l'estime des dames Cromempré ; l'orgueil le poussait ;
la raison lui imposait son frein ; il foula aux pieds la raison.

— S'il faut se battre, je me battrai ! dit-il avec effort.

Bien des spadassins redoutables n'ont accompli les faits
qui établissent leur triste renommée qu'après une hésita-
tion aussi pénible.

— Grosbichon, vous venez de prendre une résolution
terrible, dis-je en m'efforçant de donner à mon nazille-
ment de ténor une intonation solennelle. Le sort en est
jeté ! vous voilà embarqué dans les alternatives d'un terrible différend ; vous ne sauriez plus reculer ; je vous mettrai
en face de votre ennemi.

Il essuya la sueur qui coulait à grosses gouttes de son
front, et il me remercia par un signe de tête impercep-
tible.

— Ah ! continuai-je, je plains votre veuve, je pleure
sur vos orphelins !

Ce dernier trait porta ; les larmes vinrent aux yeux de
Grosbichon.

— Mon ami, me dit-il, vous me percez le cœur ! Ne
rappelez pas à mon souvenir une femme qui m'adore, des
enfants dont je suis le soutien ; n'affaiblissez pas mon cou-

rage ; c'est pour eux que je dois persister : je ne puis leur
léguer un nom déshonoré.

Ce langage m'étonna par sa fermeté ; mais Grosbichon
reprit :

— D'ailleurs, il n'est point dit que je doive être enterré
à cette occasion... Et Chipouzot a encore plus d'enfants
que moi !... Bah ! il réfléchira de son côté ; il fera les concessions nécessaires...

— S'il ne les fait pas ?

— Jour de Dieu ! il redoutera trop ma bonne lame
pour s'en aviser.

Le vieil homme reparaissait.

— Qu'il soit fait comme vous le voulez. Je vais prendre
une voiture et me rendre chez Chipouzot.

— Allez ! dit Grosbichon, dont la voix faiblit de nouveau en prononçant ces deux syllabes ; mais permettez-
moi de vous faire une observation.

— Laquelle ?

— Soyez calme ; ne vous emportez pas ; obtenez des
excuses sans me mener aux dernières extrémités. Vous
connaissez ma position ; je me dois à ma famille : notre
sort dépend de votre démarche.

— Voulez-vous que je reste ?

— Non, allez ; mais soyez prudent. S'il m'arrivait malheur, vous ne vous en consoleriez pas... Et puis, je ne
dois pas oublier une recommandation importante : je
crains que Chipouzot ne choisisse comme témoin Flibertin-
Cousmassou l'aîné ; Flibertin-Cousmassou a servi dans les
chasseurs d'Afrique ; il est brutal comme tous les soldats ;
il envenimerait les choses en encourageant l'entêtement de
Chipouzot. Tâchez qu'il recoure à de meilleurs conseils ;
qu'il prenne avis de son épouse, par exemple ; vous en
viendrez plus facilement à bout.

— Je sais ce que je dois faire, dis-je avec dignité.

— Je ne vous trace point de règle ; je me permets une

simple observation. J'ai confiance en votre sagesse, et je sais votre antipathie pour le duel.

— Adieu ! Grosbichon. Les heures s'écoulent ; si je tarde encore, je ne rencontrerai plus votre ennemi... Je vais le trouver.

— Déjà !... Eh bien ! adieu, mon ami !... adieu !... N'oubliez pas que mon honneur, ma vie, le sort de mes enfants sont entre vos mains !... Je suis prêt à tout ; mais ménagez mes jours !

Et, tout en s'en allant, Grosbichon répétait à satiété ses fanfaronnades et ses recommandations craintives, qu'il alternait avec la régularité monotone d'un instrumentiste mal habile qui s'imagine produire de grands effets en abusant du forte et du piano.

Les secrets désirs de Grosbichon m'étaient connus ; il les avait exprimés avec assez de clarté pour qu'aucun doute ne me fût permis. Évidemment il voulait une conciliation armée, une paix avantageuse conclue sur ses démonstrations hostiles, une affaire suivie d'arrangement dont les honneurs lui fussent acquis.

Si l'adversaire auquel j'allais m'adresser avait été sérieux, j'aurais opposé un refus formel à toute demande d'intervention posée dans de si singulières limites. On ne peut avoir la certitude de faire reculer un homme dont le caractère n'est pas suffisamment connu, et souvent une provocation est acceptée de prime-abord.

Je n'avais pas un pareil inconvénient à redouter avec Chipouzot ; je le savais prudent de sa nature ; et c'était parce que Grosbichon avait la même conviction qu'il s'était montré si belliqueux.

Si j'avais acceptée une aussi ridicule mission, malgré mon antipathie pour ces sortes d'affaires, c'était comme étude de mœurs. Depuis longtemps déjà je m'occupais des questions de duel et de point d'honneur ; je recueillais les faits qui pouvaient appuyer ou contredire ma doctrine ; je n'étais pas fâché de constater un exemple d'absurdité dépassant toutes les espérances. Grosbichon et Chipouzot ayant une affaire d'honneur, était une de ces monstruosités qui ne peuvent se produire qu'après une grande révolution.

J'arrivai à l'imprimerie Chipouzot ; je traversai les ateliers sans dire un mot, au grand étonnement des compositeurs, du correcteur, du prote et du metteur en pages, que j'avais accoutumés à un échange cordial de calembours.

J'allai droit au cabinet du maître ; j'ouvris la porte et j'entrai.

Chipouzot devint tout pâle en me voyant paraître. Au lieu de me complimenter agréablement comme il ne manquait pas de le faire en toute occasion, il recula et me dit :

— Vous venez de la part de Grosbichon ?

— Vous ne vous trompez pas.

— Ainsi, il met à exécution ses affreuses menaces ; il veut ma vie, il veut un combat, il demande à se baigner dans mon sang ! Ah ! mes amis m'avaient bien prévenu ; mais je ne pouvais croire à un pareil excès de férocité !

— Comment ! vous étiez prévenu ? de quoi, je vous prie ?... à quels propos faites-vous allusion ?

— Parbleu ! à ceux que ne cesse de tenir Grosbichon ! Depuis huit jours, il ne se lasse pas de répéter aux Cromempré, aux Flibertin, aux Boudonctic, qu'il veut en finir avec moi, et qu'il va me faire appeler en duel... Mais je répondais qu'il n'était ni assez bête ni assez méchant pour cela. Ce n'est qu'en vous voyant entrer, vous, son ami, que je devine la réalité de ses menaces ; vous avez un air tout chose qui ne me prédit rien de bon, et Grosbichon est capable de bien des énormités... Eh bien ! moi, je n'y vais pas par quatre chemins, monsieur ; je vous déclare tout d'abord que je ne me bats pas.

— Qui vous dit que j'aie à vous proposer un duel ?

— Puisque Grosbichon a déclaré publiquement qu'il me provoquerait, et que vous venez de sa part...

— Cela ne prouve rien... N'est-il pas d'autre moyen de s'entendre?

— Ah! c'est différent... Si Grosbichon ne demande pas un duel, je n'ai pas besoin de m'entendre avec lui.

— Comment! vous changez aussi vite de résolution à l'égard d'un ami, parce qu'il n'a pas les intentions querelleuses que vous lui supposiez?

— Vous croyez donc qu'il me fait peur, Grosbichon? Demandez aux Flibertin, aux Cromempré, ce que je leur ai répondu... Un homme en vaut un autre; si Grosbichon veut se battre, je lui en ferai voir de dures!

— Tel n'est pas le langage que vous teniez dans le premier instant.

— Je vous demande pardon; je me serai mal exprimé, ou vous m'aurez mal compris. D'ailleurs, Grosbichon n'est plus mon ami.

— Pourquoi lui refusez-vous ce titre?

— Parce que c'est un fichu polisson.

— Votre épithète est bien dure.

— Il n'en mérite pas d'autre... Figurez-vous, monsieur, que nous étions en compte : au moment de sa liquidation, il me solde, sauf erreur ou omission; et, en faisant le pointage de fin de mois, je trouve une différence de 12 fr. 60 c. en ma faveur; naturellement, je réclame; alors...

— Épargnez-moi cette histoire; je la connais.

— En ce cas, je n'ai rien à vous apprendre; vous pouvez juger par vous-même l'indignité de sa conduite. Le nom de polisson n'a rien d'exagéré; j'ai même le droit de le traiter de voleur, de flibustier, d'escroc... et je ne m'en prive pas, monsieur; je le dis à qui veut l'entendre; je le démasquerai, je le ferai connaître, j'arracherai le semblant d'honorabilité dont il ne mérite pas de se couvrir.

— Eh bien ! monsieur Chipouzot, vous venez de me dire tout ce que je voulais savoir.

— Comment ça ?

— Je doutais qu'un homme aussi sensé, aussi prudent que vous se pût plaire à répandre de pareilles invectives. Quand Grosbichon l'affirmait, je lui opposais mes doutes ; et, lorsqu'il voulut me charger de vous demander raison de tant d'offenses, je refusai jusqu'à preuve auriculaire. Vous venez de me convaincre pleinement ; vous avez détruit tous mes scrupules ; aussi je n'hésite plus : et, au nom de M. Grosbichon, mon ami, je vous demande réparation des injures calomnieuses que vous vous permettez contre lui.

Ce fut un véritable effet de théâtre ; le coup frappait juste, il frappait fort. Chipouzot en fut abattu ; il tomba dans son fauteuil de maroquin vert qui lui tendait des bras compatissants, et il murmura d'une voix étranglée :

— C'était un piége ! ils m'ont pris comme un renard... Je suis perdu !

— Remettez-vous, monsieur ; reprenez un peu de cette assurance que vous possédez quand il s'agit de déshonorer un honnête homme, dis-je en achevant de l'accabler ; rappelez un peu ce courage dont vous vous targuiez il y a un instant ; le moment de le montrer est venu.

— Moi, avoir peur ! dit-il en balbutiant ; on sait que je n'ai pas l'habitude de reculer... mais enfin il est permis de réfléchir... Vous m'apportez une provocation de la part d'un homme dangereux, je me consulte.

Cette épithète d'homme dangereux accolée au nom de Grosbichon me causa un moment de surprise. Je voulus avoir comment il l'avait méritée.

— Vous connaissiez mon honorable ami avant de vous avancer comme vous l'avez fait ?

— Oui, certes... Les mœurs de Grosbichon sont hardies ; c'est un homme de guerre : il occupe un grade élevé dans les rangs de la garde nationale... mais nous nous étions si souvent chamaillés sans résultat quand nous faisions des affaires ensemble, que je me persuadais qu'il en devait être de même après sa liquidation. Eh bien ! non , son naturel féroce l'emporte même à mon égard ! Il veut faire passer dans la réalité les duels acharnés qu'il m'a fait imprimer en 9 sur de très-fort carré d'impression ! Il me choisit pour tenter une de ses premières expériences !... Je puis, je dois réfléchir, je réfléchirai.

Je réfléchirai ! de Chipouzot équivalait au : nous ver-rons ! de Grosbichon ; je résolus de pousser celui-là dans ses derniers retranchements comme j'avais fait du provocateur. Déjà je m'étais donné la satisfaction infinie d'apprendre que Grosbichon s'était créé une réputation terrible à l'aide de ses rodomontades et de ses épaulettes nationales ; il s'agissait de compléter ma joie en mettant à nu le réseau de passions vaniteuses qui jetait deux bons négociants dans une aventure dont, au fond, ils se souciaient fort peu. Et du ton le plus grave qu'il me fut possible de prendre, je dis :

— Soyez sûr, monsieur, que c'est avec regret que j'accomplis la mission dont je me suis chargé. En arrivant près de vous, j'espérais vous trouver dans des dispositions conciliantes ; ma tâche aurait été facile, j'aurais calmé le ressentiment de l'honorable M. Grosbichon en lui affirmant que vous tenez à son égard un langage convenable, et qu'il ne doit ajouter aucune foi à des propos mal fondés. Malheureusement il n'en a pas été ainsi, vous avez proféré des paroles outrageantes, vous m'avez montré jusqu'à quel point va l'intempérance de votre langage... Il ne me reste qu'à vous demander votre arme, votre heure et le nom de vos témoins.

Ce dernier membre de phrase tira Chapouzot de l'anéantissement où l'avait plongé mon ultimatum ; il s'écria avec désespoir :

— C'est ce scélérat de Flibertin-Cousmassou qui me vaut tout ça !

— M. Cousmassou, que je n'ai d'ailleurs pas l'avantage de connaître, ne saurait être coupable de légèretés qui vous sont personnelles.

— Si... il m'a fourré dans la tête un tas de bêtises auxquelles je n'aurais jamais songé... Imaginez-vous, monsieur, que Flibertin-Cousmassou est devenu, presque malgré moi, le caissier et le teneur de livres de ma maison... Quand il est revenu d'Afrique, ma femme m'a dit : Prenons Cousmassou, ça fera plaisir à madame Cromempré et à madame Athénaïs Flibertin !... Je ne m'en souciais guère, attendu que je le jugeais plus apte à faire un tambour-major qu'un commis ; mais ma femme a tant insisté, que je me suis décidé ; elle a si bon cœur mon épouse !... Nous n'avons pas à nous plaindre de notre nouvelle acquisition, certainement... Les ouvriers tremblent devant le teneur de livres qui a rétabli le meilleur ordre dans l'atelier. Les apprentis me respectent, les clients retardataires n'osent plus me menacer en me refusant de l'argent... Mais à côté de cela, ce diable de Flibertin-Cousmassou m'a donné des idées qui ne me seraient jamais venues. « Voyez, patron, me dit-il, on me considère parce que je suis fort, parce que je suis solide, parce que je n'ai pas peur... Soyez homme, morbleu ! vous jouirez des mêmes avantages ! » Cela lui était bien facile à dire, à lui, qui a vu la bataille d'Isly, qui a combattu Abd-el-Kader et qui a mangé tant de chameaux !... J'ai voulu être homme, monsieur ; voilà la cause de mes malheurs... Je me suis laissé persuader qu'il ne fallait supporter aucune contradiction, et que je ferais mettre les pouces à quiconque voudrait se montrer méchant en renchérissant de méchanceté et d'audace ; j'ai voulu faire le fendant, je me suis permis d'être crâne, et vous voyez ce qu'il m'en coûte, monsieur !... Ah ! j'aurais dû prévoir qu'il ne fait pas bon de se frotter à un brave tel que Grosbichon !

— Peut-être est-il un moyen de vous tirer du mauvais pas où vous vous êtes mis : avouez franchement votre erreur, reconnaissez vos torts, et je déciderai Grosbichon à se contenter d'excuses authentiques.

— Me rétracter, jamais !

— Vous appréciez votre situation ; pourquoi refuser de dire bien haut ce que vous pensez tout bas ?

— Le point d'honneur me le défend.

— Le point d'honneur ! m'écriai-je, effrayé de trouver le monstre dans des régions qui devraient être à l'abri de ses ravages, et de lui voir entourer de ses replis une conscience évidemment destinée par la nature aux combinaisons mercantiles.

— Croyez-vous donc que je veuille m'avilir en reculant devant une affaire que j'ai provoquée ? Je me suis mis dans la nasse, il faut que je m'en tire sans me tacher... A tort ou à raison je me suis attiré une fâcheuse affaire ; tant pis pour moi, je la soutiendrai !... Que diraient les Cromempré et les Boudonctic, si je commettais une lâcheté ?

Les juges du camp, en présence desquels Chipouzot tenait à paraître en preux chevalier, c'étaient les Boudonctic et les Cromempré ! Chacun a ainsi un petit public devant lequel il pose et auquel il est prêt à dire le *morituri salutant*.

— S'il en est ainsi, dis-je impatienté, indiquez-moi vos témoins, j'irai m'entendre avec eux.

— Homme dur et cruel ! vous ne songez donc pas que j'ai une femme et des enfants ?

— Je vous propose un moyen de vous mettre à l'abri, vous le refusez.

— Pas absolument, mais...

— Vous marchandez ; habitude commerciale !

— Ah ! Grosbichon n'est pas digne d'avoir un ami tel que vous !

— C'est parce qu'il mérite ce titre que je tiens à le représenter convenablement.

— Vous vous méprenez à son égard ; il ne se fait pas faute, lui, de vous trahir quand il y trouve son intérêt... Que de fois nous avons ri ensemble des bons tours qu'il vous jouait pour avoir vos manuscrits au rabais ; comme il vous faisait tirer la langue après un billet de cinq !... Son banquier ne lui escomptait rien, ses rentrées ne se faisaient pas, on lui manquait de parole, et autres calembredaines qui vous déterminaient à subir le total des pertes qu'il était censé éprouver... Et les réclames, les prospectus que vous rédigiez pour rien, tandis qu'il était auparavant obligé de les payer fort cher à M. R...! Et les ouvrages que vous lui revoyiez gratis, tandis qu'il faisait payer la correction cent écus la feuille ! Et bien d'autres farces dont vous ne vous êtes jamais douté !... Nous nous sommes joliment *fichu* de vous, allez !...

J'avoue qu'à ces révélations inattendues un vif sentiment de colère s'empara de moi et que je me sentis pris d'une furieuse envie de châtier en même temps le provocateur et le provoqué. Un instant de réflexion me calma ; ne connaissais-je pas depuis longtemps les mauvaises qualités de mon ami Grosbichon ? Devais-je me formaliser de roueries qu'il eût faites à son père, si son père avait eu le malheur de vouloir écrire ? Devais-je m'offenser de la forme grossière avec !aquelle la tromperie était acclamée ? Moi, l'avocat du duel sérieux, j'irais infliger une correction manuelle à deux gaillards disposés à ne pas dépasser les limites du coup de poing ? Je me compromettrais avec un Chipouzot, avec un Grosbichon ?... Fi ! il valait mieux étouffer ma colère, ne pas venger une action naturelle de la part de ceux qui l'avaient commise, et continuer les études auxquelles je me complais sur les deux vaillants garçons qui s'étaient si bien *fichu* de moi.

Rendons cette justice à Chipouzot, qu'il ne s'aperçut pas de l'impression qu'il avait produite et du danger qu'il venait de courir de s'attirer une seconde affaire, car il continua du ton le plus insinuant :

— Dans votre intérêt, vous devriez vous entendre avec moi ; nous avons plus de points de contact qu'il n'en existe entre vous et Grosbichon... Auteur et imprimeur, cela s'emmanche parfaitement ; notre ennemi commun c'est l'éditeur ; l'éditeur qui n'est autre chose qu'un intermédiaire avide, l'éditeur que nous faisons vivre et qui nous gruge, l'éditeur...

— Je croyais tous les éditeurs ruinés ?

— C'est parce qu'ils ont trop abusé de nous !

— La conclusion peut être juste, quoique peu vraisemblable, mais ce n'est pas ce dont il s'agit. Revenons à la question dont vous vous écartez trop volontiers : voulez-vous vous rétracter ou vous battre ?

— Mon Dieu, comme vous êtes précis ! si l'on posait ainsi les questions, on ne conclurait jamais un marché.

— Vous préférez que je procède par voie d'interrogation... Voulez-vous faire des excuses ?

— Non !

— Vous voulez vous battre ?

— Non !

— Vous devez cependant choisir entre ces deux alternatives.

— Ni l'une ni l'autre ne me convient... Tenez, je n'obtiendrai rien en tergiversant avec vous, je parlerai en toute franchise : je ne sais pas si je parviendrai à me battre, mais je l'essayerai plutôt que de faire une platitude. Entre de lâches excuses et des concessions convenables il y a une immense distance ; placez-moi dans des limites où je puisse rester. Je ferai un pas, que Grosbichon en fasse un autre , nous nous trouverons assez rapprochés pour nous donner la main. Vous saisissez ma pensée, n'est-ce pas ?... vous comprenez que je ne veuille ni me déshonorer, ni jouer une vie qui ne m'appartient point... Conciliez la double exigence de mon honneur et de ma sûreté ! soyez mon témoin en même temps que celui de Grosbichon. Flibertin-Cousmassou m'avait demandé de me seconder ; je vous préfère, vous êtes un homme de plume, un homme de paix, je vous aime mieux que ce chasseur d'Afrique qui ne connaît qu'un seul moyen d'en finir !... Au nom de la reconnaissance que je suis résolu de vous vouer, ne me refusez pas le service que j'implore ; si vous m'abandonnez, je suis perdu.

— Votre demande est grave ; songez qu'en face de vous est un adversaire dont les exigences vous répugneront.

— Tant pis !

— Je ne puis m'exposer à consentir des conditions que vous refuseriez de ratifier.

— J'approuve d'avance.

— Mais enfin , si le point d'honneur, auquel vous semblez disposé à faire de si grands sacrifices, se trouvait engagé?

— Vous ne ferez pas cela.

— Toute éventualité doit être prévue, surtout celle-ci, qui menace de se réaliser... Car vous êtes père de famille, vous ne désirez pas vous battre, et Grosbichon est résolu.

Chipouzot se consulta un instant; mais le bon sens l'emporta bien vite sur l'orgueil.

— Faites comme vous l'entendrez , dit-il.

— Eh bien! remettez-moi un blanc-seing , dont je ferai tel usage qu'il me conviendra ; à cette condition , je me charge de tout... Je choisirai les témoins, je défendrai vos intérêts; vous ne vous battrez qu'en cas d'absolue nécessité.

— Tâchez surtout que je ne me batte pas, murmura

Chipouzot en apposant sa signature au bas d'une feuille de papier blanc qu'il me remit d'un air tout contrit.

Je fis un geste protecteur et je me retirai en laissant un vague espoir au cœur de Chipouzot, dont le regard m'implorait encore quand sa voix ne put plus se faire entendre.

Je me rendis chez Grosbichon. Durant tout le trajet, je ne cessai de réfléchir à la singularité de l'affaire confiée à mon arbitrage. Il semblait que le hasard, ce vagabond qu'on rencontre en courant après lui, prenait plaisir à me montrer un exemple frappant des absurdités auxquelles conduisent les maximes du point d'honneur, et qu'il m'offrait à dessein un sujet digne de compléter mes constantes études sur ce côté important de nos mœurs, dédaigneusement oublié par les lois.

Deux hommes de professions paisibles, pères de famille, habitués à la placidité de la vie d'intérieur, se révoltaient contre des propos attentatoires à leur honneur et se décidaient péniblement au duel.

Le Code leur offrait un moyen de vengeance, ils pouvaient soumettre leur contestation aux tribunaux ordinaires, mais ils préféraient remonter aux temps anciens et trancher la difficulté par le jugement de Dieu. Est-ce que, accoutumés au maniement des armes, ils trouvaient naturel d'en appeler à cette dernière raison des peuples et des spadassins ? Est-ce qu'ils avaient à laver une de ces offenses qu'une pudeur honnête empêche de révéler dans un débat public et dont les témoins sont les seuls confidents ? Est-ce qu'une colère violente, un courage indomptable les animait l'un contre l'autre au point de se résoudre au sacrifice de la vie ? Non ; ils étaient calmes, ils calculaient prudemment les moyens de se retirer avec avantage tout en conservant intacte une réputation de fermeté qu'ils eussent été bien embarrassés de soutenir. Ils cédaient à de petites passions, à de mauvais conseils, à de funestes exemples, et une fois engagés, ils redoutaient les suites de leurs premières démarches, et ils s'arrêtaient indécis entre la raison et le préjugé. Des témoins malveillants ou simplement inhabiles pouvaient cependant envenimer cette ridicule démonstration et amener un résultat funeste. Grosbichon et Chipouzot poussés à bout, encouragés par l'approbation de leur petit public, se seraient, certes, décidés à lâcher, à vingt pas, la détente d'un pistolet, et un coup de maladroit, atteignant l'un ou l'autre de ces héros honteux, aurait fourni un exemple de plus aux pages funèbres des fastes de la monomachie ! Il y aurait eu un vainqueur, une victime ; ils auraient passé pour deux braves prêts à se dévouer en toute occasion, susceptibles au premier chef et fort dangereux à leurs ennemis. A quoi tiennent les réputations !

Et l'on vient dire encore, quand de semblables exemples se sont produits, que le duel prouve le courage et la délicatesse susceptible de ceux qui recourent à lui !... Parce qu'après s'être acculé dans une position honteuse, il faut en sortir à la façon du sanglier qui se voit menacé au fond de son bouge, on sera tenu pour un galant homme, et l'effort désespéré qu'il aura fallu faire pour vaincre une nature pusillanime, n'entrera pas en ligne de compte ; la lutte entre la chair et l'orgueil, les angoisses subies en face de la pointe d'une épée n'ôteront pas une feuille de la couronne triomphale dont l'opinion ceint le front des raffinés !

O stupide nature humaine ! les idées les plus fausses sont celles pour lesquelles tu gardes le plus religieux respect ; les aberrations chevaleresques sont l'objet de ton admiration cinq fois centenaire ; les préjugés qui chatouillent ton amour-propre paraissent indestructibles chez toi !...

Tout en songeant ainsi, j'arrivai chez Grosbichon. Il m'attendait sur le pas de sa porte.

— Eh bien ? demanda-t-il d'un ton anxieux.

Je devinai que l'inquiétude ne lui avait pas permis de rester dans sa bibliothèque, — fond de boutique auquel j'ai tant contribué ! — Une agitation nerveuse ne lui permettait pas de se tenir en place, et il était venu au-devant de moi pour connaître plus tôt l'issue de ma négociation diplomatique. Je répondis :

— C'est arrangé !

— Pâques Dieu ! je savais bien qu'il reculerait le manant, qu'il ne voudrait pas manger du poil de la bête, et que devant ma brette il fuirait comme un méchant garçon ! Fi ! le punais... j'ai honte de m'être irrité contre lui...

L'ancien Grosbichon reparaissait ; la tendre émotion de famille disparaissait avec le danger, et la morgue moyen âge reprenait le dessus. En vérité, je crois que si mon ami Grosbichon avait connu la poltronnerie du faible Chipouzot, il se serait audacieusement battu.

— Vous a-t-il fait de bonnes excuses ? continua-t-il ; avez-vous exigé une réparation publique, écrite ou destinée à la publicité ? Mort de ma vie ! j'aime à croire que vous ne l'en avez pas tenu quitte à bon marché, et que vous l'avez humilié de la bonne sorte ?

Je souris sans répondre.

— Qu'avez-vous fait ? dites-le-moi ; je finis par m'impatienter, et je crois que ce va être à votre tour de me fâcher sérieusement.

— C'est arrangé, vous dis-je.

— Comment ?

— Vous vous battez demain.

— Bah ! !...

Après cette exclamation, Grosbichon demeura tout abattu ; il ne pensait même plus à me chercher querelle.

— J'ai trouvé M. Chipouzot fort animé... Votre provocation n'a fait que prévenir, dit-il, celle qu'il comptait vous adresser ; il l'a acceptée avec empressement... Il paraît avoir confiance dans l'issue de la rencontre arrêtée ;

M. Flibertin-Cousmassou l'a conduit au tir et lui a appris trois ou quatre bottes secrètes d'un effet certain. Aussi, malgré le privilége que lui donne sa position d'appelé, il vous laisse généreusement le choix entre l'épée et le pistolet... C'est au sujet de ce choix que je viens à la hâte m'entendre avec vous... Que dites-vous de l'épée?... L'épée est d'assez bon goût et fort de mise entre gentilshommes !

Grosbichon pressa son front de ses deux mains :

— Évidemment c'est un tour de Cousmassou... Je connais Chipouzot, s'il n'était soutenu par la présence de cet infâme teneur de livres, il ne se battrait pas.

— Vous vous trompez, il faut rendre justice à ses adversaires. M. Cousmassou n'était pas au nombre des témoins auxquels j'ai été adressé et que je quitte; il a déclaré, au contraire, ne vouloir intervenir en rien, parce que son intention est, si son ami succombe, de le venger.

— Alors ils sont deux !... Bon, il ne manquait plus que ça !

— Soyez tranquille, j'ai sur-le-champ imité cet exemple; quand vous serez tué, Chipouzot aura affaire à moi.

Grosbichon me regarda tout effaré, et sans me savoir aucun gré de la preuve de dévouement que j'affirmais lui avoir donnée, il me dit d'une voix pleine de reproches :

— Elle est jolie la position où vous m'avez mis !... C'est comme cela que vous arrangez les affaires, vous?...

— On fait ce qu'on peut, rien au delà... Vous m'avez dit qu'en cas de nécessité vous vous battriez. Il y a nécessité, puisque le cartel a été accepté sur-le-champ; maintenant, comme nous le disions ce matin, il faut en finir.

— Que le diable vous emporte, avec ce matin et demain soir !... vous êtes un maladroit... Croyez-vous que j'aie envie de me faire hacher par ce gros butor de Chipouzot?

— Les chances seront égales.

— Non, puisque Cousmassou lui a donné des leçons.

— Votre raisonnement est magnifique de justesse, mais il vient trop tard; le vin est tiré...

— Je ne le boirai pas! s'écria vivement Grosbichon.

Puis changeant subitement de ton, il continua :

— Soyez mon ami jusqu'au bout, ne m'abandonnez pas dans cette conjoncture... Voyons, quels sont les témoins auxquels Chipouzot vous a adressés?

— Je ne les connais pas; ce sont des messieurs très-polis, très-froids, très-fermes que je n'avais jamais rencontrés.

— Froids, fermes, polis, mauvais signe... c'est comme l'acier! N'y aurait-il pas moyen de s'entendre avec eux, d'éviter l'effusion du sang? Tous les moyens de conciliation sont-ils épuisés?

Je me frappai le crâne comme si je venais d'être illuminé par une révélation subite :

— Oui, il y a un moyen!... Je n'y avais pas songé; votre intelligence vient de le découvrir... Mais peut-être répugnera-t-il à votre délicatesse : il faudra faire des concessions...

— J'en ferai...

— Me laisser choisir votre second témoin.

— Choisissez...

— Me donner des pleins-pouvoirs.

— Vous les avez...

— Me signer un blanc-seing dont vous ratifiez à l'avance le contenu encore ignoré.

Grosbichon sauta sur une plume. Dans son empressement, il faillit m'arracher la feuille de papier sur laquelle Chipouzot avait déjà apposé son seing; ce qui aurait découvert ma ruse en même temps que la signature J. B.

9.

Chipouzot et Comp^e, autographe précieux sur lequel j'appuyais le pouce pour le cacher à l'œil clairvoyant de Grosbichon.

Au dernier trait du paraphe, le succès était complet; je remis précipitamment le précieux papier dans ma poche, bien sûr que je demeurais maître absolu de régler à ma convenance les termes du compromis.

Tout pouvait être immédiatement terminé; mais je n'eus garde de faire cesser aussi vite une si plaisante comédie; je la fis traîner plusieurs jours, je prolongeai ma joie et mes études psycologiques sur les naïves terreurs de ces esprits viciés. Grosbichon et Chipouzot mettaient à nu les fibres les plus secrètes de leur pensée, et ce n'était pas beau à voir.

Pendant plus de huit jours je traînai les choses en longueur, j'inventai des obstacles qui entravaient ma feinte négociation. Tantôt c'était l'un qui se montrait féroce, tantôt c'était l'autre qui devenait trop exigeant; rien ne finissait, rien ne pouvait aboutir, et chaque soir je leur disais en les quittant :

— Vous vous battrez demain !...

Cette phrase produisit toujours un terrible effet; ils ne surent pas s'y habituer; ils devenaient pâles, blêmes et passaient de fort mauvaises nuits. Ils maigrissaient sensiblement.

Enfin, au bout de la seconde semaine je leur portai d'un air triomphant l'acte que voici :

« Une contestation s'est élevée entre MM. Grosbichon
» et Chipouzot au sujet d'une somme de douze francs
» soixante centimes que ce dernier prétendait lui être due,
» ce que l'autre niait. A la suite de cette contestation,
» M. Chipouzot a dit publiquement que M. Grosbichon
» était un fripon, un polisson et un drôle. M. Grosbichon,
» de son côté, a dit également publiquement, que M. Chi-
» pouzot était un escroc, un gredin, un pleutre.

» Des explications devenant nécessaires, les témoins
» soussignés se sont réunis, et après que M. Chipouzot a
» eu déclaré qu'en appelant M. Grosbichon fripon, polis-
» son et drôle, il n'avait pas eu l'intention de l'insulter,
» et que M. Grosbichon a déclaré en même temps qu'il
» n'avait pas voulu insulter M. Chipouzot en l'appelant
» escroc, gredin et pleutre, les témoins ont arrêté :

» Que les explications données sont parfaitement satis-
» faisantes ;

» Que l'honneur est sauf ;

» Et qu'il ne saurait être passé outre de leur assentiment.

» Fait à Paris, pour servir à chacun en tant que besoin. »

Au bas de ce chef-d'œuvre j'eus le courage d'apposer
mon nom en toutes lettres.

Puis, comme il me fallait encore trois signatures, je
sollicitai celles de mon portier et de mon domestique. La
troisième signature me fut donnée par un ami complaisant,
— le spirituel C. M. — qui, en apprenant qu'il ne s'agissait d'aucune espèce de lettre de change, ainsi qu'il avait
paru le craindre au premier moment, griffonna presque
lisiblement son nom populaire, comme s'il avait été
agréablement surpris d'en être quitte à si bon marché...

Et nous riions comme des bienheureux de la magnificence d'une charge aussi effrontément conduite, lorsque
nous lûmes parmi les faits divers que publient gravement
les grands journaux :

« Une affaire d'honneur a eu lieu entre deux hommes
» bien connus dans la presse, MM. Grosbichon et Chi-
» pouzot. Grâce à l'intervention des témoins, aucun ré-
» sultat grave n'est à déplorer. »

Décidément le mystifié c'était moi !... A tout prendre,
il n'y avait rien que de rigoureusement vrai dans les trois
lignes des feuilles publiques : aucun résultat grave ne
pouvait être déploré. C'était positif.

Mais bien des gens ont pris au sérieux ce duel fantastique, et il est établi aujourd'hui que Grosbichon et Chipouzot se sont battus.

Je n'ai jamais pu savoir lequel des deux a voulu établir sa réputation de crânerie à deux francs la ligne.

Quand je les interroge, ils répondent :

— C'est, sans aucun doute, l'effet de l'indiscrétion de l'un des témoins !

Or, l'unique témoin de leur martyre, c'est moi ! ! !...

Il n'y avait qu'un moyen de se venger ; je l'employai : sous prétexte du duel et de son heureuse conclusion, je les poussai à convier tous nos amis communs à un plantureux déjeuner où furent dépensés cent fois les douze francs soixante centimes, origine de cette affaire.

Et en voyant leur mine allongée, tandis qu'ils additionnaient la carte à payer du repas, je fis cette réflexion consolante :

— La réputation qu'ils croient s'être établie n'aura pas d'inconvénients pour la paix publique ; plus jeunes ou plus hardis, ils partiraient de là pour devenir bretteurs ; mais ils calculent trop bien les profits et pertes pour être tentés de se donner souvent de la gloire à ce prix... Le vin de Champagne doit leur paraître le successeur du canard historique que l'on plumait jadis, et le vin de Champagne est trop cher pour qu'ils se permettent d'être braves tous les jours !...

En effet, Grosbichon et Chipouzot ont renoncé à toute velléité martiale. Mais quand on parle duel en leur présence, ils se mêlent aussitôt à la conversation ; ils professent, ils tranchent, ils prononcent ; ils font des allusions gazées au passé ; ils semblent de vieux lutteurs échappés aux périls de la lice, et dans leur attitude, dans leur fierté, dans leur langage, on voit de glorieuses cicatrices qu'ils cachent modestement, et un fond de bravoure que l'action du temps et de la raison a seule pu modérer.

Je suis persuadé que dans dix ans Chipouzot et Grosbi-
chons seront convaincus qu'ils se sont battus, et que leur
persuasion à cet égard sera étayée de bonne foi sur des
souvenirs forgés.

Quand on pense que la publicité donnée à d'aussi ridi-
cules démonstrations peut entraîner l'imitation et provoquer des résultats funestes, on se sent tout effrayé du
retentissement donné aux affaires d'honneur.

De vaniteux imbéciles, en voulant constater une valeur
imaginaire, allument de jeunes imaginations et poussent
sur le terrain des garçons de cœur qui, n'admettant pas la
supercherie, s'entretuent avec une bonne foi digne d'un
autre siècle.

Le duel étant une manie imitative, il y a dans l'exci-
tation morale un délit que la loi pénale doit punir. La
glorification de l'assassinat ou du vol serait l'objet d'une
répression sévère; le ministère public ne s'abstiendrait
pas de poursuivre quiconque propagerait des faits dont la
publication pourrait ébranler l'ordre social.

Pourquoi ne pas étouffer le bruit du duel en contrai-
gnant au silence les organes de la presse quotidienne?

Les gladiateurs qui se battent, dans l'espoir d'obtenir
les applaudissements de la galerie, s'arrêteraient en voyant
manquer le compte-rendu par lequel ils prétendaient
étendre l'explosion d'admiration dont leurs passes doivent
être l'objet.

Les partisans du système d'insertion dans les journaux,
de notes combinées par les témoins, prétendent, que toute
injure étant sue dans un certain cercle, il faut que la
réparation obtenue soit portée à la connaissance des personnes qui savaient l'insulte.

Ce raisonnement serait admissible si les journaux étaient
lus seulement par les individus en face desquels on veut se
réhabiliter.

Mais il ne s'en suit pas de ce que vous avez été poussé

dans un salon où valsaient soixante danseurs, que la France et l'Europe doivent être informées que vous avez cassé le bras au maladroit qui ne sait pas arrêter sa dame sur place.

Les querelles écloses pour un sujet futile, et dont le but principal est une puérile démonstration de bravoure, ne sauraient être trop sévèrement punies.

On comprend que la réparation de certaines injures ne soit pas demandée par la voie légale; un père qui défend l'honneur de sa fille, un époux qui venge l'honneur conjugal; un fils, un frère soutenant l'honneur des femmes de leur famille, ne peuvent être contraints à exposer leurs griefs devant les tribunaux. Il est des vengeances qui doivent être voilées avec un soin pudique.

Il y a des insultes que, dans l'état des mœurs et d'après l'opinion de tous les esprits, on ne peut laver que dans le sang; un soufflet, par exemple, ou tout autre voie de fait commise dans le but évident d'amener une rencontre, décident invariablement au duel l'homme le moins disposé à cette sorte de combat. On verrait le magistrat lui-même descendre de son siége et aller braver les lois dont il requiert chaque jour l'application, plutôt que de remettre dans ce cas aux tribunaux l'appréciation du dommage causé à sa considération, à son caractère.

Nous devons donc reconnaître que pendant longtemps encore il sera fait appel aux armes dans quelques cas exceptionnels.

Nous croyons même que dans les rares espèces d'une gravité évidente le duel doit être toléré, mais sous condition et dans de certaines limites.

En même temps que le combat serait autorisé dans les cas graves, on devrait rudement châtier ceux qui, légèrement et sans être fondés, solliciteraient la permission de se battre.

En même temps que la loi sanctifierait ce terrible droit

de combat, elle qualifierait d'assassinat le duel ou la provocation qui se produiraient en dehors des règles établies.
De cette façon, la jurisprudence ne saurait être douteuse,
on ne pourrait plus arguer d'une interprétation forcée.

Depuis quelques années, la fréquence des duels a contraint les publicistes de s'occuper de cette question si
longtemps oubliée.

Nous lisions dans un journal un article qui renferme
des principes exacts :

« Qu'il nous soit permis d'élever la voix sur tous ces
duels qui se succèdent sans relâche, puisqu'ils tendent à
se multiplier sans fin !

» Un jour c'est M. T...

» Le lendemain, c'est M. P...

» Hier, c'était M. de C...

» Aujourd'hui, c'est M. de .... avec M. D...

» Que prouvent tous ces duels au pistolet, au sabre, à
l'épée ?

» Rien.

» Au temps où nous vivons, les duels sont un anachro-
nisme ; ils appartiennent à un autre régime, à des usages,
à des mœurs et à des idées qui n'existent plus.

» S'ils sont une preuve qu'on ne manque pas d'une
certaine bravoure, ils sont une preuve qu'on a manqué
de présence d'esprit.

» C'est presque toujours parce qu'on a manqué de présence d'esprit qu'on se bat en duel ; avec plus de présence
d'esprit, presque jamais il n'y aurait de rencontre les
armes à la main.

« C'est là ce qu'il faut que quelqu'un ait le courage de
dire à tous.

» Nous le disons.

» Ce droit de le dire nous l'avons assez chèrement et
trop douloureusement acquis.

» Nous déclarons que le duel a été une erreur de notre

éducation , contre laquelle notre expérience proteste.

» Nous ajoutons qu'aujourd'hui nous ne comprenons pas plus les duels en matière d'offense , que les procès en matière d'hérésie ou de sorcellerie.....

» Grâce au triomphe des idées de tolérance religieuse, il n'y a plus de bûchers où les hérétiques et les prétendus sorciers soient brûlés.....

» Que désormais il n'y ait plus de cartels échangés !

» Au-dessus de la susceptibilité plaçons la raison !

» Soyons donc enfin de notre siècle !.....

» A l'infériorité de l'injure , opposons avec calme la supériorité du mépris !

» Le mépris de l'injure est peut-être le plus important progrès qui nous reste à faire.

»... Nous mettons les armes à la main pour une offense, pour une injure, pour une expression inconsidérée.....

» Pendant des siècles , on a cru que c'était le soleil qui tournait ; ce n'est qu'en 1633 qu'on a fini par reconnaître avec Galilée que c'était une erreur, et que le contraire de l'opinion commune était la vérité.

» De même , on croit encore que l'injure nuit à celui qui en est l'objet; c'est une erreur : l'injure ne fait réellement du tort qu'à celui dont elle découvre l'éducation, le manque d'esprit ou la bassesse du cœur.

» Le cavalier intrépide que le cheval emporte, le dompte en lui enfonçant les deux éperons dans le flanc.

» Si vous êtes un homme d'honneur, si vous n'avez pas de tare à couvrir au risque d'une blessure, si vous n'avez pas à demander de refuge à l'intimidation nécessaire d'une balle de pistolet, vengez-vous du misérable ou du malotru qui vous a injurié, en le forçant de redoubler d'injures ! Faites qu'il écume ! faites qu'il déborde ! Moins il gardera de mesure et plus vous serez assuré de votre vengeance. S'il a commencé par avoir l'opinion pour lui, il ne tardera pas à l'avoir contre lui ! Alors votre satisfaction sera complète et certes plus efficace que si le sang avait coulé.

» Tout duel qui se termine sans blessure est ridicule.

» Tout duel qui se termine par la mort de l'un des deux combattants est déplorable.

» Tout duel est donc une absurdité, une insurrection de l'irréflexion contre la raison, un dernier effort de la barbarie contre la civilisation. »

Si les vérités étaient appréciées par tous les esprits, il n'y aurait plus de duels. Malheureusement, les préceptes du point d'honneur dominent encore ; c'est eux qu'il s'agit d'attaquer, qu'il faut détruire, et l'on n'y parviendra qu'à l'aide d'une loi spéciale.

Telle a été, de tout temps, l'opinion de beaucoup de juristes éminents.

M. Lanjuinais s'écriait à la tribune nationale, — ne vous y trompez pas ! il s'agit de l'assemblée nationale de 90 et de M. Lanjuinais le père ; il n'est nullement question du ministre du commerce de la république de 1848 :

« Je demanderais que les armes du duelliste fussent
» suspendues à un poteau infamant, avec cette sentence
» que Dieu prononça contre le père des meurtriers : « La
» terre qui a bu le sang de ton frère crie vengeance con-
» tre toi ! » La couronne civique serait brisée devant lui,
    et bientôt, devenant pour ses concitoyens un objet d'hor-
» reur, il se verrait obligé de dire, comme Caïn : « Ma
» peine est si grande, que je ne puis plus la supporter. »

Ajoutons cependant que, dans le même discours, M. Lanjuinais émettait une idée plus pratique, en proposant d'infliger au duelliste une sorte d'incapacité civique par son exclusion des contrôles de la garde nationale, qu'on s'occupait alors d'organiser.

Si c'était la seule pénalité appliquée de nos jours, que de gens feraient semblant de se battre pour éviter d'aller à l émeute, de monter la garde et de faire des piquets !

Cette idée d'abolir le duel a toujours préoccupé les humanitaires. Il s'est formé dans ce but, en Angleterre, une société analogue aux sociétés de tempérance. Au nombre des premiers sociétaires, on trouve 17 amiraux, 650 officiers généraux, 203 officiers de l'armée de terre, 189 officiers de marine, 253 nobles, 19 membres de la chambre des communes, deux ministres du culte, etc.

Disons avec fierté que cette idée n'appartient pas à la perfide Albion. Alors qu'on ne songeait encore à aucune espèce de société de tempérance, en l'an 1651, une ligue de gentilshommes, à la tête desquels était le marquis de Fénélon, se forma pour détruire la manie du duel, qui enlevait tant de braves gens.

On s'engageait en signant la déclaration suivante :

« Les soussignés font, par le présent écrit, déclaration
» publique et protestation solennelle de refuser toutes
» sortes d'appels, et de ne se battre jamais en duel pour
» quelque cause que ce puisse estre, et de rendre toute
» sorte de tesmoignage de la détestation qu'ils ont du duel,
» comme d'une chose tout à fait contraire à la raison, au
» bien et aux lois de l'État, et incompatible avec le salut
» de la religion chrétienne, sans pourtant renoncer au
» droit de repousser par toutes voies légitimes les injures
» qui leur seroient faites, autant que leur profession et
» leur naissance les y oblige : étant aussi toujours prest,
» de leur part, d'éclaircir de bonne foi ceux qui croye-
» roient avoir lieu de ressentiment contre eux, et de n'en
» donner sujet à personne. »

Le roi patrona cette ligue et fit solennellement approuver la déclaration par le tribunal des maréchaux. Afin même d'engager les gentilshommes à accorder leur adhésion à cette association nouvelle, on inséra dans un règlement des maréchaux que : « Lorsqu'il y aurait démêlé en-
» tre des gentilshommes dont les uns auraient promis et
» signé de ne se point battre et les autres non, ces der-

» niers seraient toujours réputés agresseurs, à moins que
» le contraire ne parût par des preuves bien expresses. »

Et ceci se passait sous le siècle de Louis **XIV**, à la cour
la plus fière, la plus galante, la plus belliqueuse ; au milieu de ce palais de Versailles, dont les délicatesses et les
susceptibilités égalaient bien les nôtres.

Ce n'est pas que nous soyons grand partisan des asso-
ciations particulières ; l'engagement pris par quelques-uns
n'empêchera pas la folie de tous les autres, et une bonne
loi répressive est préférable à ces signatures données à la
légère, et qu'on laisse toujours protester à l'abri de quelque exception, quand vient le moment de leur échéance.

Cette loi spéciale, on a voulu la faire bien des fois. En
1819, M. Clauzel de Cousergues présenta une proposition
à cet effet ; en 1829, M. Portalis, en 1830, M. Courvoi-
sier l'imitèrent.

Et M. Dupin, le promoteur de la législation répressive,
n'a pu s'empêcher de dire, dans l'un de ses réquisitoires :

« Qu'on fasse une autre loi si l'on veut, si l'on peut ;
» mais en attendant, il faut respecter la loi existante ; il
» ne faut pas que la société reste privée de ses armes tant
» qu'on ne jugera pas à propos de lui en donner d'autres. »

C'était avouer implicitement l'insuffisance de la législation de 1837.

Il s'est produit depuis lors tant de faits de duels, —
nous ne disons pas de catastrophes survenues dans les combats singuliers, — qu'il a semblé urgent de mettre fin à
un tel état de choses, et d'arrêter court le démon de la
monomachie.

Diverses propositions ont été faites aux assemblées lé-
gislatives ; MM. Gavini et de Failly ont présenté, le 27 novembre 1847, un projet de loi conçu en ces termes :

« Art. 1er. — Le duel est défendu.

» Art. 2. — Quiconque sera reconnu coupable du fait
» de s'être battu en duel, quelles qu'aient été les consé-

» quences du combat, ou bien d'avoir assisté comme té-
» moin celui ou ceux qui se seront battus en duel, sera
» interdit des droits civiques pendant un an au moins et
» dix ans au plus, sans préjudice, s'il y a lieu, des peines
» plus graves portées par la loi. »

Le même jour, M. Remilly présentait aussi un projet
de loi concernant plus spécialement les représentants, car
il disait :

« Outre les peines qu'il pourra encourir conformément
» à la loi, sera déchu de la qualité de représentant du peu-
» ple tout membre de l'Assemblée nationale qui, pendant
» la durée de son mandat, aura provoqué ou se sera battu
» en duel.

» L'Assemblée nationale prononcera la déchéance sur
» le rapport d'une commission saisie par elle de l'examen
» du procès-verbal des faits transmis par le ministère pu-
» blic.

» Le membre déchu sera inéligible aux fonctions de re-
» présentant du peuple pendant l'année qui suivra la dé-
» chéance. »

M. Bouzique formule aussi son projet de loi. L'article 2,
concernant la pénalité, est ainsi conçu :

« Quiconque se battra en duel sera puni suivant les dis-
» tinctions suivantes : s'il n'y a pas eu de blessures, ou
» qu'elles soient peu graves, la peine sera, pour les deux
» adversaires, un emprisonnement de trois mois à deux
» ans ; si les blessures ont occasionné une incapacité de
» travail personnel de plus de vingt jours, elles entraîne-
» ront un emprisonnement de six mois à trois ans pour
» celui qui les aura faites ; si la mort s'en est suivie, le
» coupable subira un emprisonnement d'un an à cinq ans.
» Dans ces divers cas, il sera prononcé une amende de
» 300 à 3,000 fr. »

D'après les termes de l'article 4 du projet de M. Bouzique, les témoins du duel ne seront soumis à aucune poursuite, lorsque tout se sera passé loyalement.

Enfin, MM. Cunin-Gridaine, de Laboulie, J. Talon et Arène, déposèrent une proposition ainsi conçue :

« Art. 1er. — Le duel est un délit.

» Art. 2. — Tout combat singulier dans lequel cha-
» que combattant est assisté de témoins, et qui a lieu en
» vertu de conventions arrêtées entre les combattants ou
» leurs témoins, est un duel.

» Art. 3. — Le délit de duel sera puni de la peine de
» l'emprisonnement pendant un mois au moins et cinq
» ans au plus, et d'une amende de 500 fr. à 10,000 fr.
» Les coupables pourront, de plus, être interdits des droits
» mentionnés à l'article 42 du Code pénal, pour un temps
» qui n'excédera pas cinq ans, et qui commencera à cou-
» rir du jour de l'expiration de la peine. En cas de réci-
» dive, les peines pourront être portées au double.

» Art. 4. — Selon la gravité des circonstances, les té-
» moins du duel pourront être poursuivis et condamnés
» comme complices.

» Art. 5. — L'art. 463 du Code pénal pourra être ap-
» pliqué au délit de duel, même en cas de récidive. »

Toutes ces propositions furent renvoyées à la commission d'initiative parlementaire, qui, après avoir terminé leur examen, proposa, au mois de janvier 1850, par l'organe de son rapporteur, de ne pas les prendre en considération, en s'appuyant toutefois sur des motifs purement préjudiciels, et sans examiner le fond.

Battez-vous donc, Gaulois ! le législateur vous accorde implicitement toute impunité !...

Nous ne sommes pas enthousiasmé des projets de MM. Gavini, Failly, Rémilly, Bouzique, Cunin-Gridaine, de Laboulie, J. Talon et Arène ; mais c'est parce qu'ils nous semblent manquer de sévérité, parce qu'ils punissent l'action matérielle au lieu de la prévenir, parce qu'en atta-

quant le duel ils laissent subsister le préjugé du point
d'honneur qui y donne lieu. Ces messieurs se sont préoc-
cupés surtout de la pénalité résultant de l'interdiction de
certains droits politiques ; ils n'ont fait que codifier l'opinion émise en 1832 par M. Vivien, au sein du comité de
législation :

« L'interdiction des droits politiques n'est point encore
» exprimée comme peine dans nos lois ; elle résulte seule-
» ment de certaines condamnations : nous pensons qu'elle
» est la plus efficace qui puisse être prononcée contre le
» duel. A mesure que nos institutions se développent, que
» le principe électoral reçoit plus d'applications, que les
» droits politiques des citoyens deviennent plus nombreux,
» l'intégrité de ces droits acquiert plus d'importance, et
» nous croyons que l'exaltation même qui pousse aux com-
» bats singuliers pourra se calmer à la pensée d'une con-
» damnation qui frapperait le citoyen dans ce qu'il a de
» plus précieux. »

Suivant nous, la privation des droits politiques n'est pas
une entrave suffisante. Nous croyons que la loi spéciale à
intervenir ne doit pas proscrire le duel d'une manière
générale et absolue, et qu'elle doit le permettre dans les
cas où une pudeur honnête empêche de demander justice
aux tribunaux ordinaires.

Garpard de Saulx-Tavannes disait : « Il est mieux de
» permettre le combat à un petit nombre, que de voir pé-
» rir par iceluy la noblesse de tout un État. » Ces paroles
légèrement modifiées seraient encore applicables de nos
jours ; la forme en est surannée, le fond en sera éternellement vrai : il s'agit seulement de les généraliser.

Une loi contre le duel, pour être utile, doit donner aux
juges, indépendamment du pouvoir de punir le fait accompli, la faculté de prévenir les rencontres en sévissant contre les provocateurs. Mais aussi, tout duel qui ne peut être
empêché, qui a pour motif une cause juste et grave, doit

se produire à l'abri de la loi, sans que les combattants puissent être inquiétés, quel que soit le résultat. La puissance accordée aux juges du duel doit être des plus étendues et ne saurait avoir de limites ; car les cas qui se présentent étant infinis, ne sauraient être prévus à l'avance ; les appréciations résultent de l'origine, des conséquences, de la forme de la querelle qu'il s'agit d'empêcher d'aller plus loin, ou bien à laquelle il faut laisser suivre son cours.

Les témoins seraient soumis à la même juridiction que les combattants, puisque les juges ne seraient, en définitive, que les témoins nés des différends pouvant entraîner mort d'homme ; et quand les amis choisis par les contestants auraient dignement rempli leur rôle en se montrant tout d'abord amiables compositeurs, ils ne devraient pas être punis.

Mais, de même que le juge permettrait le combat nécessaire, il châtierait rudement la querelle futile sur laquelle on aurait basé la provocatoin.

Tel serait le véritable moyen de détruire les funestes préjugés du point d'honneur.

Et aujourd'hui, il faut le reconnaître, le sentiment du véritable honneur est la noblesse de tout le monde ; l'honneur est à la vie privée ce que la charité est à la religion, ce que la vertu est à la morale ; il occupe assez de place dans nos mœurs pour qu'il lui soit fait une part dans nos institutions.

Il faut le sauvegarder et tuer son indigne copie.

La loi relative au duel ne peut être que draconienne ; la juridiction du magistrat arbitraire. Aussi les tribunaux ordinaires ne seraient-ils pas convenablement choisis pour juger les délits de ce genre ; un tribunal spécial, un tribunal d'exception nous paraît préférable.

Nos pères nous ont légué un exemple digne d'être suivi : le tribunal des maréchaux de France peut être imité.

Il s'agirait seulement d'ajuster cette sage création des rois à notre taille égalitaire.

Est-ce impossible ?... Non.

En saluant de ses éloges et de ses regrets cette grande institution d'un autre siècle, la commission nommée pour examiner le projet de loi présenté en 1819 s'était demandée s'il ne serait pas possible de rien rétablir de semblable aujourd'hui. Déjà son rapporteur disait : « N'avons-nous » pas tous les éléments nécessaires pour fonder de nouveau » des tribunaux d'honneur ? A quelle époque aurait-on » rencontré dans les rangs de l'ordre civil et de l'armée » un plus grand nombre d'hommes ayant multiplié les » preuves de leur courage, et dont l'autorité, en pareille » matière, pourrait s'établir d'une manière incontestable » et exercer autour d'eux une salutaire influence ?

» La plus grande difficulté consisterait dans la manière » de régler les formes de procéder d'un tel tribunal ; car » elles ne pourraient être entièrement empruntées à ce » qui existait autrefois ; il faudrait les mettre en harmonie » avec les conditions actuelles de notre ordre social, les » accommoder soigneusement avec les principes de notre » gouvernement constitutionnel. »

Ces éléments ne nous manquent pas davantage aujourd'hui : on peut former des jurys d'honneur ; on peut voter une loi qui assure leur omnipotence.

Cette loi, nous la comprenons ainsi :

ARTICLE 1ᵉʳ.

Il est établi dans chaque département un jury d'honneur ainsi composé :

Le général commandant la division ou le département, président ; le préfet, vice-président ; deux officiers supérieurs de la garnison ; deux officiers retraités ; deux membres du tribunal de première instance ; deux membres du conseil général.

Les membres du jury seront désignés par le général et le préfet, président et vice-président nés ; la durée de leurs fonctions sera de dix ans ; ils pourront être indéfiment réélus.

ARTICLE 2.

Le jury d'honneur s'assemblera chaque fois que besoin sera ; il connaîtra de tous les faits, écrits, paroles qui pourraient amener un duel.

Les contestations de cette nature lui seront soumises par les parties intéressées ; il pourra les évoquer d'office sur la demande d'un ou de plusieurs de ses membres. Nul ne pourra se battre sans son autorisation préalable.

ARTICLE 3.

La juridiction du jury d'honneur est essentiellement arbitraire. Les jurés apprécieront, d'après les inspirations de leur raison et de leur expérience, les faits attentatoires à l'honneur, à la réputation, à la dignité, en faisant la part des circonstances et de position de chacun ; ils détermineront, selon les circonstances de fait et de moralité, la réparation à accorder, la forme de la rétractation, le montant des dommages-intérêts, s'il y a lieu, et les autres pénalités dans les proportions ci-après déterminées.

Cinq membres au moins du jury devront être présents pour que les décisions soient valables ; ces décisions seront prises à la simple majorité des voix ; en cas de partage, la voix du président sera prépondérante.

ARTICLE 4.

Dans les cas ci-dessus énoncés, indépendamment de toutes autres satisfactions et des dommages-intérêts dont les limites ne sont point déterminées, le jury d'honneur pourra, selon les circonstances, condamner ses justiciables à une amende qui pourra s'élever de cinq francs à cinquante mille francs, et à un emprisonnement de cinq jours à quinze ans.

ARTICLE 5.

Lorsque les faits seront assez graves pour que le jury d'honneur accorde l'autorisation de duel, le combat qui aura lieu à la suite de cette autorisation devra entraîner mort d'homme, ou tout au moins des blessures assez graves pour empêcher matériellement la continuation de l'action. Lorsqu'un duel que le jury d'honneur n'aura pu prévenir par accommodement se terminera autrement que par mort d'homme ou blessure grave, les combattants qui auraient persisté à se battre seront déclarés indignes d'exercer les droits politiques et de remplir aucune fonction publique, indépendamment des amendes qu'il plaira au jury d'appliquer.

Les témoins d'un duel sont soumis à la juridiction du jury d'honneur, dans des limites aussi étendues que les combattants.

ARTICLE 6.

Quiconque se rendra coupable de duel ou de provocation en duel sans autorisation du jury d'honneur, sera puni par les tribunaux ordinaires.

Le combat sans autorisation du jury d'honneur sera qualifié assassinat, quels qu'en aient été les résultats; la simple provocation sera considérée comme tentative d'assassinat, sans qu'il soit besoin qu'elle réunisse les conditions énoncées dans l'article 2 du Code pénal.

Les circonstances atténuantes ne pourront être admises.

ARTICLE 7.

Toute demande d'autorisation de duel adressée au jury d'honneur, et basée sur des motifs que celui-ci jugerait futiles ou insuffisants, sera punie par ledit jury d'une amende qui pourra s'élever à la valeur de dix fois le revenu annuel présumé de celui qui aura formé la demande de combat.

ARTICLE 8.

Les journaux, écrits périodiques ou feuilles publiques qui publieront des faits ou des récits relatifs aux duels, et pouvant en propager la manie, seront passibles d'une amende de mille à dix mille francs, laquelle sera appliquée par le jury d'honneur.

ARTICLE 9.

Les décisions du jury d'honneur seront exécutoires en la forme des jugements ordinaires, sans appel ni opposition.

ARTICLE 10 (transitoire).

Les conseils d'enquête institués par la loi du 29 mai 1834 sont investis, pour les militaires en activité de service, et à raison des altercations qui pourraient naître entre eux, de tous les pouvoirs attribués aux jurys d'honneur.

Voilà ma loi !

Elle est hardie, elle est barroque peut-être, elle étonne d'abord ! Elle ne ressemble pas aux prescriptions que tant de juristes ont élaborées, elle n'imite pas les codifications admises, elle s'écarte des traditions reçues par les législateurs !

Qu'importe ! je la crois bonne, je la soutiens excellente; je suis persuadé qu'elle remplira son objet, et, en définitive, on ne peut rien demander de plus à une loi !

Oui, je veux qu'on ne puisse se battre sans l'autorisation d'hommes honorables qui ont puisé leur expérience, ceux-ci dans les affaires, ceux-là dans le monde, les autres dans l'exercice de la profession des armes.

Je veux que le duel que ces hommes sages et impartiaux auront permis comme dernier remède d'un honneur profondément atteint soit sérieux, implacable, comme tout combat d'hommes qui ont soif de la vie l'un de l'autre.

Je veux que le spadassin qui s'affranchit de la loi du jury soit traité d'assassin ; car les motifs d'un différend qu'on n'ose soumettre à des gens de bien ne sauraient être ni légitimes ni honorables.

Je veux que le sot vaniteux qui s'adresse inconsidérément au jury, soit pour se faire une réputation de brave, soit qu'une ridicule susceptibilité le pousse, subisse une peine pécuniaire qui l'atteigne dans son bien-être.

Hélas! nos contemporains sont sensibles aux pertes d'argent! Ce qui les frappe dans leurs aises ou dans leur luxe les touche infiniment plus que la privation du plus majestueux des droits politiques.

Mais, pour que les amendes soient utiles, il ne faut pas que le taux en soit déterminé. La somme qui paraît lourde à l'employé au traitement de 1,000 écus, n'est qu'une obole pour le prodigue qui dépense gaiement 100,000 liv. de rentes.

Établissons donc entre eux la proportion de gêne et de souffrances : si l'employé paye 6,000 fr. une provocation mal fondée, — deux années de travail gratuit, — que le même méfait coûte 200,000 fr. à l'élégant prodigue. Les hôpitaux gagneront d'autant.

Je veux que le journal qui aura prêté sa publicité au récit des extravagances de deux fanfarons, qui aura complaisamment ouvert ses colonnes au témoignage imprudent que les seconds formulent en procès-verbal, puisse être vertement puni. Il faut arrêter la propagande au duel.

Je veux enfin que l'honnête homme ne soit pas livré à l'inexpérience, à la faiblesse ou à la brutalité de témoins indifférents, et que, quelle que soit l'injure qui lui ait été

faite, il obtienne du jury d'honneur une suffisante satisfaction.

Je veux des condamnations sévères contre les querelleurs et les insolents ; je veux des acquittements éclatants
pour l'honnête homme qui, poussé à l'extrême, aura tué
son ennemi.

Je veux enfin que la justice distributive fasse la part des
sentiments de délicatesse qui forment la base du caractère
français.

Quand on trouvera suffisante satisfaction dans une juridiction régulière, on cessera de s'appuyer sur la force
brutale, le préjugé s'éteindra peu à peu.

Ce résultat serait, certes, obtenu par l'adoption de mesures analogues à celles que nous avons rêvées.

Nos prétentions peuvent sembler excessives ; mais un
mal invétéré ne peut être vaincu que par les remèdes hé-
roïques. Il s'agit d'extirper l'erreur de cinq siècles ; nous
sommes persuadé qu'une répression continue amènerait
la guérison radicale du plus odieux des préjugés.

Puis, lorsque cette caricature lugubre, qu'on nomme le
point d'honneur, aura cessé de faire partie de nos croyan-
ces, et que les générations futures étudieront avec étonnement et dégoût quelques vieux restes de duellistes, —
comme on fait des vestiges des monstres antédiluviens dont
on est curieux d'apprécier la force et la férocité, — l'honneur véritable brillera d'un plus vif éclat. Les vices, les
fautes, les crimes deviendront plus rares du jour où on ne
pourra plus les étayer d'une once de plomb ou d'un brin
d'acier.

FIN.

Paris. — Imp. de Mme Ve Dondey-Dupré, rue St-Louis, au Marais.